RENÉ CHANDELLE

# MÁS ALLÁ DE ÁNGELES Y DEMONIOS

RENÉ CHANDELLE

# MÁS ALLÁ DE ÁNGELES Y DEMONIOS

CIENCIA OCULTA

hermética

© 2004, Ediciones Robinbook, s. l., Barcelona.
Diseño de cubierta: Regina Richling
Diseño interior: Cifra (www.cifra.cc)
ISBN: 84-7927-742-4

Bookspan
501 Franklin Avenue
Garden City, NY 11530

Licencia editorial por cortesía de
Ediciones Robinbook, s.l., Barcelona

Impreso en U.S.A. - *Printed in U.S.A.*

# ÍNDICE

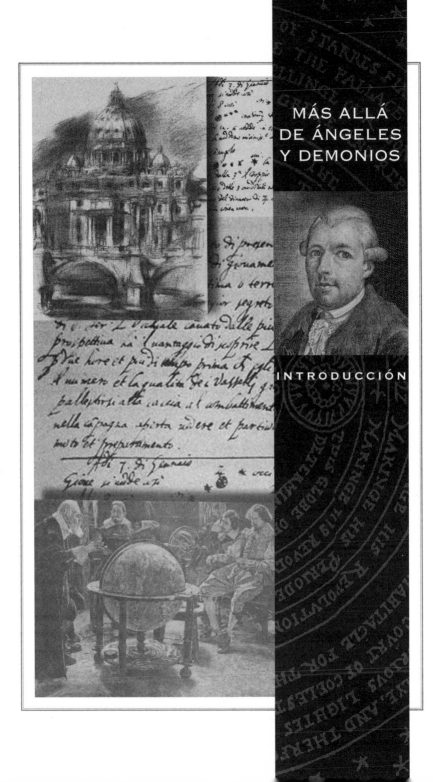

# MÁS ALLÁ DE ÁNGELES Y DEMONIOS

## INTRODUCCIÓN

¿Estamos sometidos a una conspiración mundial? ¿Quién está manejando los hilos de los medios de comunicación? ¿Qué poderes fácticos, de apariencia inocente, dominan la sociedad? ¿A quién le interesa la existencia de las sociedades secretas? ¿Existen realmente? ¿Hasta dónde llega su poder?

La conspiración no es un tema nuevo. Los ritos iniciáticos vinculados a las sociedades secretas, tampoco. Es un tema morboso, curioso, dotado de un cierto halo de misterio que todavía lo hace más atractivo, pero... ¿dónde está la realidad de todo ello? A través del libro *El Código Da Vinci* se soltó un resorte. Se abrió una puerta que dejaba entrever ciertos secretos celosamente guardados durante siglos. Temas prohibidos que Dan Brown, el autor del mencionado libro, supo «airear» con la delicadeza que tienen las manos de un bibliotecario vaticano y con la agilidad de Ian Fleming cuando redactaba la saga de James Bond. El tema no era nuevo. Es más, décadas antes, algunos investigadores ya habían propuesto diferentes hipótesis sobre la vida secreta de Jesús. Sin embargo, se abrió la puerta que nos catapultó a ver y a conocer aspectos sabiamente ignorados o que, como por casualidad, habían pasado desapercibidos.

Ahora, a través de un nuevo código —entendiendo como tal una secuencia de números, frases, hechos o imágenes que, debidamente encadenados, ofrecen un mensaje— se destapan nuevos secretos. En este caso ya no es la vida secreta de Jesús. En *Ángeles y demonios* se liberan otros resortes, quizá más peligrosos, más punzantes a la vez que terroríficos: una guerra abierta contra el poder de la Iglesia, capitaneada por un grupo denominado Illuminati.

El lector que se enfrenta a la nueva obra de Dan Brown, como lo hicieron quienes devoraron *El Código Da Vinci*, traspasa el umbral de la realidad para penetrar en un universo de secretismo. Leer *Ángeles y demonios* es cruzar la línea de lo tangible para ver ante nuestros ojos tramas increíbles, propiciadas por el odio que una sociedad secreta tiene contra la Iglesia. Una nueva forma de terrorismo, el espiritual, es la trama principal de una obra que no pretendemos analizar desde un contexto literario, sino desde el más realista, aquel que puede resultar incluso más impactante que la novela.

Tras los atentados del 11-S una frase tuvo más validez que nunca: «la realidad siempre supera a la ficción». ¿Cuánto de realidad hay en el libro *Ángeles y demonios*? ¿Hasta dónde podemos creer...? Nadie duda de la existencia del Vaticano, de las obras de Bernini, ni de los templos que, siendo reales, se han utilizado como decorado de una trama de ficción. Galileo no es un personaje surgido de un guión cinematográfico. Sin embargo, otros aspectos que quizá puedan resultar bastante sorprendentes producen un escalofrío cuando se conoce el trasfondo de realidad que poseen. Basta una ojeada para darnos cuenta de hasta dónde la ficción puede ser un libro abierto capaz de arrojar luz sobre una realidad conocida por pocos.

En el siglo XI Hasan ibn Sabbah fundó una secta inspirada por una rama radical y fanática del ismailismo: los Asesinos o Hash-ashin, que significa «los que consumen haschís». Ejecutaban a sus víctimas con tremenda crueldad, gracias a un estado de euforia criminal que les propiciaba el uso de esa droga. En el siglo XIII fueron condenados a muerte más de doce mil miembros del citado grupo. Muchos lograron salvarse y se dispersaron discretamente por Siria... ¿dónde están hoy sus descendientes?

En 1776 Adam Weishaupt crea la secta de los Iluminados de Baviera. Su objetivo era conducir al ser humano al correcto camino de la espiritualidad primitiva. El método para lograrlo era erradicar los gobiernos y las propiedades privadas, derrocando monarquías e instaurando repúblicas autoritarias. Aunque las fechas son confusas, en 1785 la orden fue disuelta, al menos en el más puro sentido público... Pero eso no es más que el principio de la historia. Los ambigramas no forman parte de la creatividad literaria. Tienen su más remoto origen en los cuadrados mágicos, diseñados para ser leídos e interpretados sólo por los maestros iniciados. En la actualidad, miles de personas en todo el mundo «juegan» con ellos, puesto que son juegos de palabras que han dejado de lado lo místico y mágico para formar parte de los pasatiempos de las revistas de entretenimientos.

Como puede comprobar el lector, las referencias incluidas hasta el momento no son más que unos pocos atisbos de realidad de los muchos que podemos encontrar en la obra *Ángeles y demonios*. Pero hay otros aspectos que no podemos pasar por alto. Se trata de aquellas otras terminologías que aluden a la Masonería, los rosacruces, o las que vinculan las tramas secretas de conspiración mundial con algunas siglas y nombres que, cuanto menos, son sugerentes. Por ejemplo OSS, denominación de un grupo de investigación precursor de la CIA actual y la Logia P2, una de las sociedades más poderosas de Italia.

Miles de personas han leído ya la obra *Ángeles y demonios,* y su lectura ha generado una duda en su mente: ¿existe la posibilidad de un ataque de terrorismo espiritual? Creemos que sí. Sin embargo, la cosa va más allá. De hecho, sólo es preciso recordar los atentados de las Torres Gemelas, la guerra de Afganistán, la de Irak, o tener presente el conflicto palestino-israelí, para darnos cuenta de que algo está pasando.

Vivimos en un nuevo orden mundial. Ésta es una frase popularizada por el padre del actual presidente de Estados Unidos en la primera Guerra del Golfo y, como veremos, tiene una cierta vinculación con los illuminati. Lo que ellos llamaban *Novos Ordo Seculorum*.

La pregunta es: ¿quién marca el nuevo orden?, ¿quién lo dirige? Quizá la respuesta sea: los gobiernos que están en la sombra, quizá dirigidos por mentes herederas del movimiento, marcados por determinadas sociedades secretas. Pero todavía queda otro punto por resolver: ¿hacia dónde nos conduce todo esto?

La realidad que hay detrás de la obra de Brown, y que analizaremos fría y objetivamente a través de los siguientes capítulos, es mucho más sutil, pero también más cruda, reveladora e inquietante que los textos del mejor de los thriller. El complot ya está en marcha. La trama empieza a desvelarse.

MÁS ALLÁ
DE ÁNGELES
Y DEMONIOS

PRIMERA
PARTE

LA CONSPIRACIÓN
MUNDIAL DE LAS
SOCIEDADES
SECRETAS

# 1. ÁNGELES, DEMONIOS Y CIENTÍFICOS

*Digamos que existen dos tipos de mentes
poéticas: una apta para inventar fábulas
y otra dispuesta a crearlas.*

GALILEO GALILEI

Si realmente queremos saber cuáles son los mensajes secretos que se esconden en *Ángeles y demonios* no tenemos más remedio que remontarnos unos cuantos siglos atrás en la historia. De esta forma podremos conocer el pensamiento de Galileo y cómo era la sociedad científica en la que él vivió; en qué pensaban o qué creían sus colegas o protectores y, lo más importante, a quiénes «preocupaban» sus ideas. La apasionante historia de este hombre de mente excepcional, simboliza mejor que ninguna otra el punto de fractura entre la Ciencia y la Iglesia. El momento histórico en que el conocimiento y el dogma toman caminos divergentes, y la Ciencia se ve impelida a refugiarse en el ocultismo.

## EL ASTRÓNOMO DE PISA

Galileo Galilei había nacido en Pisa en 1564. Diez años después su padre, el músico Vincenzo Galilei, se trasladó con la familia a Florencia. El niño pasó a estudiar en un monasterio cercano a esa ciudad, y más tarde se matriculó en la facultad de medicina de la Universidad de Pisa. Se cuenta que un día, encontrándose en la catedral, el joven estudiante de diecisiete años observó una lámpara colgante que oscilaba. Comprobó que completar una oscilación requería siempre el mismo lapso de tiempo, fuera cual fuera la distancia a recorrer. Este descubrimiento le sirvió más tarde para elaborar el principio del péndulo, que se aplicaría, entre otros usos, a regular la marcha de los relojes. A partir de aquel día Galileo se interesó más por las ciencias exactas que por la medicina, a la que abandonó para profundizar en estudios sobre astronomía y física en Toscana y Florencia. Ya graduado, publicó un ensayo sobre el balance hidrostático que lo hizo conocido en toda Italia. En los años siguientes se dedicó a revisar la teoría aristotélica del movimiento, y en 1592 obtuvo la cátedra de matemáticas en la Universidad de Padua. Allí permaneció 18 años y completó su propia teoría del movimiento, y la de la caída parabólica. No se sabe si es cierto que comprobó sus hipótesis dejando caer pesos desde la torre inclinada de Pisa, pero sí que su otra pasión, la astronomía, empezaba a crearle problemas con la Iglesia.

Galileo era un convencido de la hipótesis sobre el Universo formulada dos siglos antes por Copérnico, que puede resumirse en que el Sol no giraba en torno a la Tierra —como había «demostrado»

Nicolás Copérnico, retrato anónimo del astrónomo de Toruń. El primer científico en formular y demostrar con éxito la plausibilidad del sistema heliocéntrico.

Ptolomeo en el siglo II y seguido a pie juntillas desde entonces por la ciencia oficial—, sino que la cosa era exactamente al revés. El sabio pisano no hacía pública esta opinión, por no suscitar la burla de sus colegas y por un premonitorio temor a la reacción de la Iglesia. Pero en 1609 probó en Venecia un catalejo con sistema telescópico y quedó fascinado con el artilugio. En ese mismo año construyó un telescopio 32 veces más potente, y lo aplicó por primera vez a la observación del firmamento. Al año siguiente ya dio a conocer sus primeros descubrimientos sobre la Luna, las fases de Venus o los satélites de Saturno.

## PROCESO A LA CIENCIA

El Vaticano, que había comenzado a recelar de algunos científicos disidentes que se desviaban de lo que explicaban las Escrituras, celebró no obstante los trabajos de Galileo, y varios dignatarios de la corte pontificia mostraron un sincero interés por el telescopio. Animado ingenuamente por esta aprobación, Galileo publicó en 1613 unas observaciones sobre el Sol que venían a confirmar la teoría copernicana. Encendidos predicadores dominicos proclamaron la herejía de los «matemáticos» que pretendían contradecir la versión cosmogónica del Génesis. Aunque en el púlpito no mencionaban a Galileo por su nombre, sí lo acusaron en secreto ante la Inquisición.

Asustado por esa denuncia, Galileo recurrió a todos los valedores disponibles, tanto personalmente como por carta, desde el Gran Duque hasta un discípulo suyo que era monje benedictino. Argumentó, en un nuevo adelanto a su tiempo, que la Biblia era un texto alegórico, cuya adaptación a la realidad terrenal era susceptible de diversas interpretaciones. Varios expertos eclesiásticos se pusieron de su lado, pero no el cardenal Roberto Bellarmino, supremo árbitro de la Iglesia en asuntos de teología. El prelado vetó rotundamente la idea, ya bastante extendida, de que las hipótesis matemáticas se relacionaran con la realidad física, no se sabe si porque realmente no se lo creía, o por no suscitar un escándalo teológico que debilitaría a la Santa Sede en su dura lucha con el protestantismo. De modo que, para cerrar todo el asunto, declaró oficialmente «falsa y absurda» la hipótesis copernicana y mandó incluir en el *Index* eclesiástico las obras del genial astrónomo polaco. Unos días antes de publicar estas decisiones, Bellarmino tuvo el detalle de citar a Galileo en su despacho del Vaticano. El severo cardenal explicó a su incómodo visitante las medidas que pensaba tomar, advirtiéndole que no se le ocurriera sostener o defender lo que la Iglesia, o sea el propio Bellarmino, había decretado impío. No obstante, en atención a la edificante inquietud de Galileo por la ciencia, se le permitiría seguir discutiendo con sus colegas y en privado la doctrina de Copérnico, como una simple «especulación matemática». Galileo se retiró a continuar sus investigaciones científicas en su casa de Bellosguardo, cerca de Florencia. Allí acuñó su famosa sentencia de que «el libro de la Naturaleza está escrito con caracteres matemáticos», en un tratado dedicado a su amigo y protector el cardenal Maffeo Barberini, que acababa de ser elegido papa con el nombre apostólico de Urbano VIII.

Confiado por su vieja amistad con el nuevo Pontífice, Galileo se presentó en Roma en 1624, con la esperanza de obtener la derogación del «Decreto Bellarmino» para poder publicar sus últimos trabajos. No lo consiguió, pero el Papa le permitió escribir un libro sobre algo así como «los sistemas del mundo», tanto ptolomaicos como copernicanos, sin comprometerse e incluso se ha llegado a pensar que Urbano le dictó allí mismo: «El hombre no debe pretender saber cómo está hecho el mundo, porque la creación es un misterio de la omnipotencia divina».

El enfrentamiento entre la Ciencia y la Iglesia estaba servido, y Galileo sabía de qué lado debía luchar. En 1632 publicó su gran obra: *Diálogo sobre los dos máximos sistemas del mundo, ptolemaico y copernicano.* Sin duda el título cumplía con la indicación del Pontífice, pero el contenido era una encendida e incontestable defensa de la tesis de Copérnico, que produjo admiración y entusiasmo en los ámbitos científicos de toda Europa, pero no en los círculos eclesiales de Roma, donde al instante se alzaron detractores. Los jesuitas, por ejemplo, sostuvieron que Galileo había hecho más daño a la Iglesia Romana que Lutero y Calvino juntos.

Urbano VIII, indignado con su antiguo protegido, ordenó que se iniciase un proceso. Los distraídos censores habían aprobado el libro, probablemente por falta de una lectura detenida, y eso en principio impedía incluirlo en el *Index*. Pero el Pontífice desautorizó el *nihil obstat* y prohibió totalmente la impresión y difusión de la obra de Galileo. Apareció entonces un acta de la entrevista con Bellarmino en 1616, donde Galileo se comprometía a «no enseñar o discutir el copernicanismo en ningún sentido», bajo pena de ser imputado por el Santo Oficio.

El tribunal quedaba así autorizado a iniciarle un proceso por presunta herejía. Pese a sus 70 años y sus achaques, el astrónomo fue obligado a viajar a Roma en febrero de 1633, para estar presente en el juicio. Galileo alegó que no recordaba el compromiso asumido ante Bellarmino, quizá en razón de su avanzada edad. Los jueces se mostraron amables e indulgentes con él, y cuando se disponían a dejarlo libre con una reprimenda, apareció un decreto de la Congregación inquisidora determinando que debía ser sentenciado. El fallo consistió en obligarlo a «abjurar, maldecir y detestar» sus pasados errores sobre una sacrílega traslación de la Tierra. El científico pronunció cabizbajo aquel aberrante juramento, y dice la leyenda que al salir murmuró *eppure si muove* (no obstante se mueve), insistiendo en su espectacular descubrimiento.

La antigua amistad de Galileo con el papa Urbano VIII y haber obtenido el *imprimatur* no evitaron que fuera procesado por el Santo Oficio.

## Las actas del proceso

Reproducimos aquí fragmentos de las actas del proceso por presunta herejía incoado por el Santo Oficio contra Galileo Galilei.

### La condena

*«Nosotros decimos, pronunciamos, sentenciamos y declaramos que tú, Galileo Galilei, te has presentado, de acuerdo a esta Santa Inquisición, como vehemente sospechoso de herejía, por sostener y creer una doctrina falsa y que es contraria a la divina Santa Escritura, por sostener que el Sol es el centro del mundo y que no se mueve de este a oeste, y por aprobar y defender dicho pensamiento, incluso después de haber sido declarado y definido contrario a la Sagrada Escritura.*

*»Estamos, en este Santo Oficio, considerando tu absolución con una primera condición que es, tu abjuración en nuestra presencia, con un corazón sincero y con una fe verdadera, en la cual maldigas y detestes los errores dichos y las herejías pronunciadas, así como cualquier otro error o herejía contraria a la Iglesia Católica y Apostólica. Sólo de esta manera podremos absolverte.»*

### La abjuración

Galileo, ante las presiones y amenazas de los inquisidores, finalmente optó por abjurar de sus teorías que hasta ahora había defendido:

*«Yo, Galileo, hijo de Vicenzo Galilei de Florencia, teniendo setenta años de edad, juro que siempre he creído, creo ahora y, con la ayuda de Dios, en el futuro creeré, en todo lo que la Santa Iglesia Católica y Apostólica sostiene, predica y enseña.*

*»Después de haber sido amonestado por este Santo Oficio, enteramente abandono la opinión falsa de que el Sol es el centro del Universo y que es un astro inamovible, y que la Tierra no es el centro del mismo sino que es un astro en movimiento. Acepto que yo ni debía tener, ni debía defender, ni debía enseñar en ninguna manera, ni oralmente ni por escrito, todo lo que pregoné con una falsa creencia.*

*»Por lo tanto, deseando remover de las mentes de sus Eminencias y de todos los cristianos fieles, esta vehemente sospecha razonablemente concebida contra mí, yo abjuro con una fe auténtica y un corazón sincero estos errores y herejías; maldigo y detesto estas infamias así como también cualquier otro error, herejía o secta contraria a la Santa Iglesia Católica. Y juro que para el futuro yo ni diré ni afirmaré oralmente, así como tampoco escribiré cosas tales que puedan traer sobre mí sospechas semejantes; y si conozco a cualquier hereje, o a alguno sospechoso de herejía, yo lo denunciaré a este Santo Oficio, o al Inquisidor u Ordinario del lugar en el que pueda estar».*

Galileo continuó trabajando y produciendo importantes hallazgos y aportes a la ciencia hasta su muerte en 1642. Aparte de su indiscutible estatura como científico, el suplicio personal que sufrió en defensa del conocimiento objetivo y racional, lo convirtió en un emblema de la libertad esencial de la ciencia.

## LOS CIENTÍFICOS Y LAS SOCIEDADES SECRETAS

Galileo fue un abanderado de su tiempo, aunque no el único. Quizá el hecho de haber sido sometido a un juicio sumarísimo que le llevó a una posterior abjuración de sus teorías es lo que más ha trascendido al gran público. Pero el astrónomo de Pisa no estaba solo. A su alrededor y practicando la misma u otras disciplinas hubo muchos científicos que no siempre contaron con el beneplácito del poder establecido, que en aquel momento era la Iglesia. En la época de Galileo, investigar significaba depender de los ricos y poderosos mecenas, quienes a su vez se dejaban «guiar» u orientar por la Iglesia. Un mecenas, por importante que fuera, difícilmente podía apoyar a alguien cuyas teorías no cuadrasen con el canon establecido. Esto generó que algo que había permanecido larvado despertase. Algo que se mantendría durante largo tiempo... la conspiración, o, si se prefiere, la conjura para poder «respirar de forma diferente».

Pese al omnímodo dominio de la Iglesia había otras formas de pensamiento, otros sistemas de entender la vida y de comprender la magnitud de las cosas. La metodología no siempre pasaba por seguir a pies juntillas lo que ordenaban los dogmas religiosos. Era preciso prescindir de ellos y, lógicamente, hacerlo en secreto. En la época existieron numerosos grupos que, amparándose en otras filosofías, en el esoterismo y, por supuesto, en el ocultismo de lejanas religiones orientales, dieron cauces y dinero a las nuevas ideas. Las sociedades secretas apoyaron los avances científicos y la ciencia se hizo conspirativa.

Llegó un momento en que las sociedades secretas no sólo habían crecido en número, sino también en integrantes. Su objetivo era claro: enfrentarse al poder establecido, liberarse de aquéllos que siempre les habían dictaminado qué y cuándo debían pensar. En aquel tiempo, eso significaba oponerse a la Iglesia y a sus dogmas. En muchos casos ya no era cuestión de defender una teoría científica, sino una forma de vida, de sociedad e incluso de política. Los conspiradores, o sea aquellos que no estaban conformes con el poder terrenal eclesiástico, debían unirse para actuar como una sola fuerza. Pero la verdad es que conspiraciones y formas de ejercer sus tramas hubo muchas. Por lo que cuando hablamos de sociedades secretas debemos tener en cuenta esa riqueza de matices.

Sea como fuera, las sociedades secretas llegaron a ejercer una altísima influencia. Consiguieron participar en episodios históricos tan relevantes como la Revolución Francesa, la Independencia de Estados Unidos y, ya más cerca de nosotros, en las guerras mundiales, por no hablar de otros hechos más contemporáneos. ¿Con qué fin? El autor de *Ángeles y demonios* nos ofrece en su obra algunas pistas al respecto, pero no debemos precipitarnos. Como toda buena trama, el complot precisa de los momentos apropiados y las circunstancias precisas para que dé el resultado esperado, aunque éste pueda tardar siglos en producirse.

## LA SECRETA AVENTURA DE PENSAR LIBREMENTE

A lo largo del siglo XVI se efectúa un cambio de formas y de filosofía en lo que a la ciencia se refiere. Nace una nueva ciencia más moderna, más experimental, y los investigadores comienzan a cuestionar las cosas que hasta ese momento parecían inamovibles. Lo de siempre ya no es totalmente válido; las normas establecidas comienzan a resquebrajarse.

Una nueva sociedad científica estaba viendo la luz y comenzaban a tambalearse los dogmas establecidos por los poderes de siempre, en especial por las jerarquías eclesiásticas. Ciertamente los investigadores tuvieron que mantener una exquisita discreción, a veces un secretismo absoluto, para poder llevar a cabo sus descubrimientos sin despertar las iras de la Iglesia. Hemos visto que Galileo fue sometido a penas de prisión y condenado a abjurar. El médico y teólogo arago-

Miguel Servet, médico y teólogo aragonés, argumentó en una de sus obras que el alma reside en la sangre, razón por la que fue condenado a la hoguera por herejía.

nés Miguel Servet, acusado de herejía por haber cuestionado el dogma de la Trinidad, fue condenado a morir en la hoguera; otros científicos y pensadores notables fueron perseguidos o murieron en extrañas circunstancias. El Vaticano y los «sabios» del sistema que recibían su protección y sus prebendas, estaban dispuestos a cualquier recurso para impedir que el afán de conocimiento acabara destruyendo su poderío. Pero los investigadores siguieron adelante, a menudo amparados en el secretismo, porque creían en la verdad expresada en este párrafo por el gran Galileo:

La ciencia está escrita en el más grande de los libros, abierto permanentemente ante nuestros ojos, el Universo, pero no puede ser comprendido a menos de aprender a entender su lenguaje y a conocer los caracteres con que está escrito. Está escrito en lenguaje matemático y los caracteres son triángulos, círculos y otras figuras geométricas, sin las que es humanamente imposible entender una sola palabra; sin ellas uno vaga desesperadamente por un oscuro laberinto...

Los científicos de la época de Galileo defendían que era preciso aprender a observar de nuevo los fenómenos y experimentos, con ideas nuevas. Claro que las cosas no siempre son tan sencillas, de ahí que la nueva ciencia debía hacerlo todo despacio y, por si ello no fuera suficiente, al margen de la ley establecida. Todos los investigadores y descubridores de aquel tiempo establecían sus especulaciones y teoremas en privado, en sus reuniones, pero no a través de la enseñanza oficial.

Ciertamente las universidades italianas del Renacimiento eran las mejores y las más agraciadas por los donativos proporcionados por sus ostentosos mecenas. Investigar y trabajar en otros lugares que no fueran Padua, Pisa, Bolonia o Pavia era arriesgarse a caer en el anonimato. Tan relevantes eran estas universidades, que la ciencia en aquella época hablaba o en italiano o en latín, las «lenguas puras» que marcaban las pautas de comunicación entre la sociedad científica. En sus claustros enseñaban los sabios de mayor renombre y, como contraprestación, se les ofrecía los mejores patrocinadores para sus investigaciones. Claro que no convenía recibir una subvención y correr el riesgo de que ésta fuera retirada porque el clero considerase que se había llegado más allá de lo que marcaban los dogmas.

Lo cierto es que no todas las universidades europeas reaccionaron favorablemente al cambio. Así la de Salamanca, que durante otros tiempos se había convertido en un punto de referencia en lo que a investigaciones anatómicas y astronómicas se refiere, durante ese periodo de cambio científico prefirió ser prudente. Su claustro no aceptó los nuevos postulados, refugiándose en las tradiciones clásicas que estaban aceptadas y amparadas por la Iglesia. Un caso similar se dio en La Sorbona, que no aceptó las nuevas teorías científicas pues temía que generasen problemas en la teología a la que estaba aferrada. Por el contrario, la Universidad de Montpellier recibió con los brazos abiertos los aires de renovación.

## Avances de la ciencia en el siglo XVI

Éstos son algunos de los avances más espectaculares surgidos por una nueva actitud científica:

### 1. En matemáticas

- Se efectúa una renovación completa de la forma de estudio del álgebra clásica, que recordemos se remonta a Egipto y Babilonia.
- Nace el álgebra moderna en el siglo XVI de la mano de Niccolò Fontana, más conocido como Tartaglia (1500-1557), uno de los descubridores de la forma de solucionar ecuaciones de tercer grado.
- La ciencia matemática comienza aplicarse a la dinámica y la física gracias a Galileo, también a la mecánica celeste y a la óptica.

### 2. En óptica

- Se efectúan grandes avances que suponen una revolución para lo conocido hasta la fecha. Se crearán las primeras lentes, surgen primigenios microscopios.
- En 1609 Galileo (1564-1642) da a conocer su telescopio gracias al cual pudo observar las manchas solares, las montañas de la luna así como cuatro satélites mayores de Júpiter y también las fases de Venus.
- Se desarrollan las leyes de la óptica geométrica.

### 3. En medicina

- Se alcanzan nuevos conocimientos. El anatomista y médico Willian Harvey, (1578-1657) descubría la circulación de la sangre mientras que por su parte otro médico, Miguel de Servet (1511-1553), describía la circulación menor de la sangre.
- Se alcanzaron importantes conclusiones respecto al corazón, como que éste era el órgano responsable de la circulación de la sangre.
- Se potenció el conocimiento en anatomía microscópica.

## Esos hombres que cambiaron el mundo

No podemos juzgar la coherencia histórica de la novela de Dan Brown, digamos que la licencia que ofrece la ficción le permite dar por sabidos algunos temas y «rebozar» otros allí donde hace falta. Vaya por delante un apunte sobre una mención de este autor que es bueno poner en su lugar. No sabemos si Galileo dijo realmente que «cuando miraba por su telescopio los planetas, oía la voz de Dios en la música de las esferas»; lo que sí sabemos es que Pitágoras (585-500 a. C.) el célebre filósofo y matemático griego, acuñó el término «música de las esferas». Más exactamente, según Aristóteles, Pitágoras dijo en cierta ocasión: «Hay Geometría en el canturreo de las cuerdas; hay Música en el espacio que separa a las Esferas».

Entre 1609 y 1610 Galileo Galilei realizó con su telescopio las primeras observaciones de la Luna.

Volvamos ahora a determinadas mentes preclaras de la época de Galileo. ¿Puede ser cierto que algunas de ellas se vieron obligadas a reunirse en secreto? Es muy probable que sí. Se sabe que varios de esos científicos establecieron vínculos con asociaciones secretas de su época, aunque comparadas con lo que llegarían a ser las verdaderas logias, no eran sino pequeños grupúsculos que se reunían a fin de discutir o teorizar sobre los nuevos tiempos. Y aunque las grandes figuras de la ciencia de la época no fueron illuminati, dado que esta secta aún no existía, sin duda se aproximaron a las sociedades secretas o simpatizaron con

## Las mentes preclaras

Sin duda se contaron por centenas, o incluso por millares, los investigadores y estudiosos europeos que en aquellos años se adhirieron a la posibilidad de una nueva ciencia más libre, racional e independiente. Aquí reseñamos los más insignes, cuyos trabajos significaron pasos de gigante en el avance del conocimiento humano.

- **Nicolás Copérnico 1473-1543 – Astrónomo.** Creó la teoría según la cual los planetas giran en órbitas alrededor del Sol y rotan sobre sí mismos. Recordemos que hasta la aparición de dicha teoría la ciencia se regía por los postulados de Ptolomeo, que defendía que la tierra era el centro del Universo y el resto de cuerpos celestes giraban en torno a ella.
- **Francis Bacon 1561-1626 – Filósofo y político.** Uno de los pensadores más relevantes de la época, fue un auténtico y valioso defensor de una nueva visión del mundo. A diferencia de muchos otros, no sólo se atrevió a decir lo que pensaba sino que además lo escribió.
- **Galileo Galilei 1564-1642 – Matemático, físico y astrónomo.** Exponente emblemático de la nueva ciencia, realizó importantes aportaciones en la tres disciplinas. Su obra revolucionó la visión del mundo y el Universo, al emplear por primera vez observaciones telescópicas de los astros, confirmando las hipótesis de Copérnico.
- **Johannes Kepler 1571-1630 – Astrónomo.** Sus investigaciones le llevaron a la conclusión de que las órbitas de los planetas eran elípticas. Descubrió que el Sol generaba una fuerza sobre los otros cuerpos celestes que era inversamente proporcional a los planetas que impulsaba.
- **Blaise Pascal 1623-1662 – Filósofo y matemático.** Se le conoce sobre todo por el «Principio de Pascal» según el cual los líquidos transmiten presiones con la misma intensidad en todas las direcciones. Pero lo peligroso para la Iglesia de la época es que creía que «el progreso humano debe estimularse con la acumulación de descubrimientos científicos».
- **Isaac Newton 1642-1727 – Matemático y físico.** Su excepcional aportación fue el descubrimiento de la gravitación universal según la cual a todos los cuerpos les afecta una fuerza que él denominó gravedad. Pero lo más relevante, desde un punto de vista esotérico y conspirativo, es que estuvo muy interesado en la alquimia. Cabe destacar también que profundizó en el estudio del misticismo, puesto que creía que se podía alcanzar una elevación de la inteligencia buscando el contacto directo con Dios, y por ende pasando por alto a la Iglesia.

ellas, en tanto representaban una posible protección frente a la intolerancia eclesiástica.

## EL ENIGMA DE FRANCIS BACON

Antes de consagrarse totalmente al estudio y a la filosofía, el notable pensador inglés Francis Bacon había alcanzado elevadas posiciones políticas y diplomáticas, así como obtenido los títulos de vizconde de Saint Alban y barón de Verulam por sus servicios a la Corona. En 1618, cuando ostentaba el prestigioso cargo de Lord Canciller, se vio envuelto en un confuso pleito por cohecho y soborno que acabó con su carrera política. No es improbable que su caída respondiera en realidad a una conjura para hundir a quien era a su vez un conjurado, miembro de una poderosa logia secreta.

A los 18 años, tras la muerte de su padre, el joven Bacon ingresó en Gray's Inn, una suerte de colegio mayor que impartía clases de derecho, según la costumbre británica. En 1582 obtuvo el título de abogado, iniciando una actividad legal y política que lo llevó al Parlamento en el 1600. Tres años después el ascenso al trono de Jacobo I dio un nuevo impulso al imparable ascenso político de Francis Bacon. Avanzó varios niveles en su posición pública, hasta ser designado Lord Canciller en 1618, junto a la obtención del título de barón y, dos años después, el de vizconde.

De pronto, en la cúspide su carrera, fue detenido bajo la acusación de abusar de su cargo para favorecer a determinadas personas que lo habrían sobornado. El tribunal lo encontró culpable de cohecho, pero el rey conmutó su condena, aunque le aconsejó que se alejara de la vida pública. Sir Francis, que ya había bosquejado algunos apartados del *Novum Organum*, en el que proponía un nuevo método científico, acató el consejo real. Dedicó el resto de su vida a escribir una extensa serie de tratados y libros sobre diversos temas que le proporcionaron celebridad como fi-

Francis Bacon, filósofo, político y escritor inglés, estuvo relacionado con varias sociedades secretas.

lósofo y admiración como literato, pero nunca llegó a revelar los entresijos del juicio o de los oscuros actos que lo motivaron. Entusiasta defensor de los nuevos tiempos de la ciencia, Bacon publicó varios artículos y folletos en los que promueve el enfoque naturalista y experimental. En uno de ellos animaba a sus colegas científicos afirmando:

Sólo han existido tres grandes sociedades de la historia, Grecia, Roma y Europa, en las que las ciencias progresen. Sin embargo, la vacilación todavía reina en nuestros días. Debemos empero utilizar la indagación de la naturaleza como método de investigación.

Debemos dar salida al espíritu del hombre y dejarle que experimente más allá de las fronteras que imponen los criterios de siempre. Debemos luchar por sentir que hay algo más que aquello que hemos aceptado hasta hoy.

Algunos autores «conspiranoicos» han querido ver en Bacon a un miembro de alguna sociedad secreta de la época. Aducen que, como hemos apuntado, el presunto soborno que provocó su caída fue una trampa tendida por agentes del Vaticano, y se apoyan en dos obras del filósofo que en verdad hubieran encantado a Adam Weishaupt, creador de los Iluminados de Baviera. Una de ellas es el *Tratado sobre el valor y el progreso de la ciencia,* de 1605, donde aboga brillantemente por el rigor y la independencia de los científicos. La otra, *Nueva Atlántida,* publicada después de su muerte en 1626, es desde el título abiertamente esotérica. Bacon describe en ella un mundo utópico y perfecto, organizado como una república democrática universal, donde el misticismo y la ciencia conviven en una armonía. Sin duda una clara referencia al reino perdido a causa del Diluvio, que desean recuperar todas las sociedades secretas dignas de tal nombre.

Lo cierto es que hay constancia de que Bacon estaba bastante vinculado a distintas sectas de carácter esotérico. Se ha especulado también sobre la posibilidad de que tuviera contactos con los seguidores de un ancestral culto de corte filosófico y espiritual, que recibía el sugerente nombre de «Rosacruz».

## UNA SECTA MILENARIA

Cuando en *Ángeles y demonios* se dice que hay una especie de ruta «Illuminata» vinculada con científicos de la época de Galileo que se reunían en la Iglesia de la Iluminación, nada lleva a pensar en los rosacruces. Hay un dato que, curiosamente, relaciona la realidad con la ficción de la obra que nos ocupa. Los rosacruces existieron realmente y, por el contrario de los illuminati, sí estaban interesados en la ciencia. De hecho, una de los objetivos que tuvo la Rosacruz Real era crear un Colegio Invisible, algo así como una institución secreta que tenía por finalidad promover la ciencia. Al margen de la ficción novelesca de Brown, la realidad es que en la época de Galileo algunos científicos se reunían en secreto. Hay datos de algunas de estas reuniones alrededor de 1614, pero los asistentes no podían ser illuminati, ya que éstos estaban aún por fundarse.

La gran mayoría de las sociedades secretas pretenden proceder de gloriosas épocas de un pasado remoto. Pues bien, si creemos a los archivos presuntamente milenarios de los rosacruces, tenemos que remontarnos a los tiempos del faraón Tutmosis III, esto es, entre 1504 y 1447 a. C. En aquellos tiempos existían en Egipto numerosas escuelas de misterios formadas por iniciados, sacerdotes, magos y adivinos. Al parecer, el día que se celebró su investidura como faraón, Tutmosis tuvo una revelación. Según el Archivo Rosacruz él mismo explicó que se sintió elevado hacia los cielos y luego, tras percibir una luz muy potente, recibió la instrucción de aglutinar el conocimiento de lo místico. Decidió entonces crear una única organización de carácter secreto que se de-

El Colegio Invisible de los rosacruces, según un grabado de Theophilus Schweighardt, en *Speculum sophicum rhodo-stauroticum,* 1618.

nominó «Gran Fraternidad Blanca», e instituyó un código por el que se regirían todos sus miembros.

Setenta años después Amenhotep IV, que como faraón era el máximo Pontífice de la Fraternidad, alcanzó altos niveles de sabiduría y elevación espiritual. Cambió su nombre por el de Akhenatón en alusión a su devoción a un único dios, Atón, representado por el Sol. Junto a su esposa Nefertiti establecieron el primer culto monoteísta e impulsaron una nueva cultura espiritual y artística de inspiración humanista. En el aspecto religioso no hay duda de que Moisés, precursor de los tres grandes credos monoteístas que han llegado hasta hoy, era un practicante secreto del culto de Atón.

Bajorrelieve en piedra caliza que representa a Akhenatón y Nefertiti con sus hijos (h. 1345 a. C.). Akhenatón instauró un culto monoteísta relacionado con la Sociedad de los rosacruces.

Al morir de Akhenatón, los sacerdotes tradicionales lograron recuperar el protagonismo perdido, por su dominio sobre el débil Tutankhamón. Fue un tiempo de oscuridad para la Fraternidad Blanca, que resucitaría gracias al filósofo griego Tales de Mileto y a la supuesta participación que tuvo en la Orden el matemático Pitágoras. Ambos serían los encargados de expandir por la cultura griega las enseñanzas de los primigenios rosacruces. Más tarde correspondería la misión a Plotino de Alejandría, quien en el año 244 fundó una escuela de filosofía en Roma que en buena parte se basaba en las enseñanzas místicas de La Gran Fraternidad Blanca. No obstante, hasta el siglo XVII no aparece la palabra «Rosacruz» como nuevo nombre de esta sociedad hermética. En 1610 se publica en Alemania un libro de autor anónimo que recopila una documentación hallada seis años antes en el interior de una tumba, la de Christian Rosenkreutz.

Esta obra nos habla de la biografía de un hombre que fue instruido en medicina, ciencia, matemáticas y artes mágicas, así como en alquimia y física. Un estudioso que había investigado la historia oculta de Egipto, país en el que tuvo acceso a los textos esotéricos atribuidos a Tot, dios lunar inventor de la escritura que los griegos adoptaron con el nombre de Hermes Trimegisto. Se cree que en Egipto Rosenkreutz fue admitido e iniciado por los maestres secretos de la milenaria Gran Fraternidad Blanca y se le encomendó, o él se atribuyó, la misión de expandir la Orden por el mundo.

## EL EXTRAÑO SEÑOR ROSENKREUTZ

En 1378, en el seno de una familia venida a menos de la nobleza rural alemana, nació un niño cuyo nombre desconocemos, sin duda no de una forma fortuita. Más tarde adoptó el nombre de Christian Rosenkreutz, que traducido literalmente del alemán significa «Cristiano de la Cruz Rosada» y cuyas connotaciones simbólicas son evidentes. Los padres confiaron su crianza y educación a un monasterio, donde aprendió latín, griego, teología y los rudimentos de las ciencias de la época.

Según la biografía iniciática escrita en época moderna por el hermano rosacruz Petros Xristos, el joven Rosenkreutz realizó un «arduo y arriesgado» primer peregrinaje a Tierra Santa, junto con un condiscípulo. No se sabe si su acompañante murió o simplemente se separó de él en Chipre, pero sí que Christian continuó desde allí el viaje en solitario. Se detuvo en varios lugares de la región, especialmente en Damasco, y finalmente arribó a Jerusalén. Permaneció largamente en el Templo donde —según Petrus Xristos— recibió los ecos del mensaje de los profetas y de las enseñanzas del propio Jesús.

Cerca de Jerusalén había otro templo, perteneciente a una orden esotérica secreta cuyo nombre, Damkar (Sangre del Cordero), la identificaba con el sacrificio del Calvario. Nos dice el biógrafo que allí el joven forastero pasó la ceremonia iniciática y tomó el nombre alegórico de Christian Rosenkreutz. Pero el mismo Xristos señala que otros autores opinan que Rosenkreutz fue en realidad el fundador de esa orden como precursora de los rosacruces, para devolver a Tierra Santa el secreto del verdadero mensaje evangélico. Para profundizar sus conocimientos esotéricos Christian aprendió hebreo y árabe, llegando a traducir al latín por lo menos un libro hermético, probablemente gnóstico o esenio en origen, que más tarde llevaría con él al regresar a Europa.

Más tarde efectuó aquel viaje a Egipto que marcaría su destino, y recorrió varios puntos del Mediterráneo, visitando o fundando sedes de sociedades esotéricas. Luego pasó un tiempo en la ciudad de Fez, en Marruecos, para aprender cábala y profundizar sus conocimientos mágicos. Desde allí, convertido ya en un gran conocedor de las sabidurías herméticas, inició un viaje por España. En su ruta por la península Ibérica trabó amistad con unos monjes, con los que supuestamente compartió sus conocimientos al tiempo que creaba algo así como una rama de la Fraternidad Blanca: los Hermanos de la Rosacruz. Posteriormente sus miembros serían conocidos como «rosacruces», lo que promovió la falsa idea de que se trataba de una secta distinta.

El misterioso señor Christian Rosenkreutz falleció, se supone, en 1484, a la nada despreciable edad de 106 años, duplicando de largo la

Supuesto retrato de Christian Rosenkreutz, fundador de la enigmática fraternidad de la Rosacruz.

esperanza de vida del momento. Se llevó todos sus conocimientos a la tumba, en cuya lápida se hizo grabar una leyenda que decía: «Reaparecerá al cabo de ciento veinte años». Y realmente fue así, dado que la fecha del hallazgo de sus escritos se corresponde con este premonitorio cálculo.

Algo más tarde de aquel hallazgo, un número relevante de rosacruces ingleses y alemanes se trasladaron a América como colonos. Pretendían asentar nuevas cofradías y transmitir sus conocimientos en las colonias británicas del nuevo mundo. Imprimieron libros, efectuaron reuniones formativas y entraron en contacto con otros colonos procedentes de logias como la Masonería, y quién sabe si también con los illuminati. Merece la pena resaltar que presidentes masones como Benjamin Franklin y Thomas Jefferson pertenecieron también a las sociedades de rosacruces.

## Las seis reglas básicas de los rosacruces

En el libro *Fama Fraternitatis* se revela que los primeros rosacruces se comprometieron a seguir las siguientes reglas:

- Sanar a quien lo necesitara, utilizando para ello el máximo de conocimientos médicos, sin cobrar dinero por los servicios prestados.

- Mantener el anonimato allí donde se fuera, evitando usar hábitos y vistiendo siempre según las costumbres del lugar de destino.

- Reunirse una vez al año en el Templo para intercambiar fuerzas, conocimientos y renovar así los vínculos de la hermandad.

- Cada miembro debería encargarse de perpetuar la misión de la Orden, para lo cual debería formar a un sucesor antes de morir.

- Adoptar las iniciales R. C. (Rosacruz) como contraseña y símbolo de la Orden.

- Mantener en todo momento en secreto la existencia de la hermandad.

### ¿EXISTE UNA CONJURA DE LA ROSACRUZ?

En la actualidad los rosacruces tienen más de 300.000 seguidores en el mundo, con logias en todos los continentes. No son una sociedad secreta tal y como suele entenderse; sin embargo, en sus inicios sí que actuaron con una cierta ocultación. Lo relevante de los rosacruces fue su amor por la ciencia, por la investigación espiritual y el esoterismo. Al parecer, estuvieron vinculados a ellos personajes como Da Vinci, Paracelso, Newton y Cagliostro. Este último aparece en la historia de las conspiraciones del siglo XVIII, pero por su participación en la Masonería.

Se debe aceptar que los seguidores de la filosofía Rosacruz no se ajustaban exactamente a muchos de los parámetros científicos y filosóficos amparados por la Iglesia. Defendían que la religión, pese a predicar la existencia del alma y su permanencia en un más allá, se perdía en conjeturas y contradicciones cuando pretendía gobernar las dimensiones espirituales del hombre. Los rosacruces prefirieron creer en la reencarnación. Pensaban que ésta era necesaria para cumplir diferentes grados de experiencias y adquirir niveles de sabiduría que solamente podían aprenderse a través de vidas sucesivas. Evidentemente, dichas consignas no estaban muy de acuerdo con la doctrina oficial de la Iglesia.

Otro aspecto a resaltar era la búsqueda interior. Señalaban que era preciso encontrar la felicidad en la vida, y que la evolución se debía efectuar viviendo placenteramente en el terreno material y en el espiritual. Afirmaban que su fin esencial era que el ser humano se diera cuenta de que su mente, aplicada de forma adecuada, era capaz de dominar la materia. Predicaban que el proceso de aprendizaje indispensable era el que habían llevado a

Alegoría rosacruz
de Robert Fludd,
*Summum Bonum*,
Frankfurt, 1626.

cabo los grandes místicos atávicos, los sabios eminentes que eran conscientes de que, para buscar y comprender lo invisible, en primer lugar era preciso analizar lo visible. Resulta obvio que tampoco estas concepciones podían ser del agrado de las autoridades religiosas.

## INICIACIÓN Y JERARQUÍAS DE LOS ROSACRUCES

En general la Rosacruz era una orden abierta, aunque dentro de un cierto secretismo. Los hermanos rosacruces eran los encargados de seleccionar a los que serían sus pupilos y, para ello, no efectuaban discriminación alguna en el terreno religioso, social o económico.

El candidato debía superar la denominada «fase de preparación», adquiriendo en primer lugar el grado de «postulante» y acto seguido el de «neófito». Tras estos dos primeros grados vendrían otros tres que implicarían su extensión en el conocimiento. Seguidamente, el aspirante pasaba a la fase de estudios en calidad de «iniciado». Después tendría que superar otros nueve grados que recibirían el nombre de «grados del Templo». La formación en estos nueve grados incluía, entre otras asignaturas:

- Estudio de las leyes rectoras del microcosmos y del macrocosmos.
- Estudio de las leyes que rigen el funcionamiento de la conciencia y la evolución de ésta.
- Estudio de las leyes de la vida con el fin de comprender de dónde venimos, dónde estamos y hacia dónde nos dirigimos.
- Estudio de las principales obras de la antigua filosofía griega.
- Estudio anatómico del cuerpo humano, así como de los principios que rigen la salud y que generan la enfermedad,

profundizando en las causas internas y externas que la provocan.

- Análisis y estudio de todas y cada una de las funciones del cuerpo, tanto el físico como el mental.
- Búsqueda y comprensión del alma humana global y personal a fin de entender los vínculos existentes entre ambas y la razón de su existencia en el plano terrenal.
- Estudio de las ciencias herméticas y esotéricas, incluyendo en éstas: simbolismo, alquimia, cábala, radiestesia, facultades mentales, contacto con otros planos de la realidad, así como todas aquellas obras que han servido como puntos de referencia para la Orden a lo largo de los siglos.

Tras superar las asignaturas referidas, el iniciado obtendría los nueve grados del Templo, convirtiéndose en Iluminado y entrando en una nueva fase de enseñanza, para alcanzar tres grados más, que nos resultan desconocidos.

Rito de recepción de los que han alcanzado el grado de Maestro; ciertos ritos o ceremonias rosacruces fueron adoptadas o inspiraron a otras sociedades secretas.

Conviene dudar de la vinculación de los rosacruces con las conspiraciones geopolíticas a las que parecen habernos acostumbrado otras sociedades secretas. La Orden, a lo largo de los siglos, se ha dedicado a estudiar las funciones del cuerpo humano; los principios que rigen tanto la salud como la enfermedad; el funcionamiento intrínseco del planeta y de la naturaleza; la formación del alma universal y otros asuntos que puedan tener una relación directa o indirecta con la búsqueda de Dios. Los rosacruces quizá sirvieron de equilibrio, de punto de apoyo conceptual o filosófico a otras sociedades secretas. Realmente parece ser así, y cabe la posibilidad de que buena parte de las prácticas rituales, ceremoniales o esotéricas de algunas sociedades secretas mencionadas en esta obra, fueran inspiradas o directamente adoptadas de los rosacruces.

## Los Alumbrados:
### la conspiración esotérica en España

Los Alumbrados fueron una corriente mística y esotérica del siglo XVI, que según las fuentes más fiables fue fundada en Castilla, aunque otros investigadores aseguran que fue creada en Andalucía y preferentemente en Extremadura. Sea cual fuere su lugar de nacimiento, procuraron reproducir la idea primigenia de la sociedad secreta de los Iluminados, formada en las montañas de Afganistán en la misma época (*véase* pág. 57). Dichos Iluminados buscaban obtener la perfección humana, al margen de alcanzar grandes poderes mágicos por medio de rituales secretos. Gracias a esa influencia mágica intentaban generar cambios de actitudes en los dirigentes políticos de su época, con el fin de lograr el establecimiento de una armonía mundial.

También los Alumbrados buscaban alcanzar el estado de la perfección física, mental y espiritual, usando como medio de trascendencia la oración. Para ello dejaban de lado las buenas obras y las prácticas de los sacramentos que venían marcadas por el clero. Los Alumbrados consideraban que gracias a ritos de «deixamiento», es decir, el relajamiento y abandono progresivo, que podía incluir tanto el ayuno como el aislamiento sensorial, podrían entrar en contacto con el Espíritu Santo. No obstante se consideraban laicos y entendían al Espíritu Santo como un arquetipo, capaz de despertar en ellos poderes psíquicos y valores espirituales adormecidos. Consideraban también que en la Biblia existían mensajes secretos y que más allá de ser un libro sagrado o religioso, podía ser en realidad un camino sembrado de señales crípticas que había desentrañar para despertar a la Luz.

El movimiento de los Alumbrados surgió a la sombra de la espiritualidad franciscana y del rechazo de las instituciones eclesiásticas, que se interponían en la relación personal de cada individuo con Dios y dificultaban una experiencia religiosa personal más profunda. En esa época, inmediatamente posterior a la Reconquista, la avidez de misticismo, revelaciones y manifestaciones de energía espiritual se había extendido en España, abonando el terreno para la prédica de los Alumbrados. Era el tiempo de las monjas contemplativas que caían en éxtasis, de los anacoretas, las apariciones y las visiones. No dejó de influir la idea de la «religión interior» que propugnaba Erasmo de Rotterdam, en contra del formalismo religioso y alentando la pasión por el misticismo. El Santo Oficio, al principio tolerante con estos fenómenos, decidió finalmente intervenir.

Si bien la primera condena inquisitorial de los Alumbrados se produce en 1525, lo cierto es que no será hasta 1620 que la Inquisición consiga la casi total erradicación de los seguidores de esta doctrina. Se cree que en torno a ese año, algunos miembros de la secta decidieron exiliarse en Francia, donde su nombre se tradujo por el de «Les Illuminés». Partiendo de la base de que se establecieron en el país galo 140 años antes de que aparecieran los Iluminados de Avignon (*véase* pág. 58), bien pudieron ejercer algún tipo de influencia sobre éstos.

Los Alumbrados fueron condenados por la Inquisición bajo acusación de herejía, el 23 de septiembre de 1525. El Santo Oficio veía en ellos una vinculación con la espiritualidad de carácter protestante. Sin embargo y pese a la condena, sus ideas inspiraron a otras mentes que irían más lejos que ellos, lejos de los tentáculos de la Iglesia...

## LA LOGIA DEL FUTURO

Como vemos los siglos XVI y XVII fueron ricos en conocimiento, en arte y en ciencia, pero también en la búsqueda de la sabiduría a través de otras metodologías no marcadas por el poder establecido de la Iglesia. En aquella época el complot contra el Vaticano parece haber estado a la orden del día, pero la trama no había hecho más que empezar. El testigo sería recogido por una primigenia Masonería, que será la auténtica protagonista de lo los próximos siglos.

Una Masonería naciente que sabrá esperar con paciencia el nacimiento de la sociedad secreta por excelencia, al menos por lo que *Ángeles y demonios* se refiere: los Illuminati. Un grupo que sabrá beber en las fuentes de los que llegaron antes y que tendrá la habilidad de dejarse cobijar en los brazos de la Masonería para perpetuar la trama hasta el final.

## 2. EL COMPLOT MASÓNICO

*Nuevos amigos, nuevos dolores.*

MOZART

*Pocos ven lo que somos,*
*pero todos ven lo que aparentamos.*

MAQUIAVELO

En *Ángeles y demonios* se nos cuenta que aquéllos que buscaban el conocimiento y que en la obra aparecen como illuminati, terminaron por extinguirse. Pero en las sociedades secretas nada se extingue, todo se transforma. En el libro se explica cómo pudieron sobrevivir los illuminati:

Los illuminati eran supervivientes (...). Fueron acogidos por otra sociedad secreta, una hermandad de ricos canteros (...). Los masones fueron víctimas de su propia bondad. Después de acoger a los científicos huidos en el siglo XVIII, los masones se convirtieron sin querer en una tapadera de los illuminati. Los illuminati fueron ascendiendo en sus rangos, y poco a poco fueron copando puestos de poder en las logias (...). Después, los illuminati utilizaron los contactos a escala mundial de las logias masónicas para extender su influencia.

¿Cuánto de realidad hay en este párrafo del libro? La Francmasonería era inicialmente una sociedad esotérica e iniciática, cuyo origen se remonta a las hermandades religiosas del gremio de los albañiles ingleses y franceses de los siglos XII y XIII. Sin embargo, esta primigenia Masonería no es la misma que, como ya hemos comentado, se crea en 1717 (o al menos en ese año se levanta acta de su fundación).

## EL DISCUTIDO ORIGEN DE LA MASONERÍA

Las corrientes esotéricas, culturales y rituales de la Masonería prácticamente se remontan a los misterios griegos y egipcios. Se afirma que en esa sociedad secreta se unifican desde el pitagorismo hasta el neoplatonismo, pasando por la cábala, las tradiciones celtas y druídicas, así como aspectos del esoterismo árabe, hebreo y oriental. Más allá de la participación de los albañiles masones en la construcción de las imponentes catedrales góticas, la leyenda cuenta que los constructores masones participaron directamente en la construcción del Templo de Jerusalén encargada por Salomón, el rey sabio que buscaba la conexión con lo divino. De ser cierta esta leyenda, deberíamos situarnos alrededor del 960 a. C.

Más allá de la posible vinculación de la Masonería con Salomón y la erección de su Templo, está comprobado que los masones, en tanto pedreros y albañiles, tuvieron una gran participación en las construcciones de las catedrales góticas. En ellas incluyeron símbolos de significados iniciáticos, y al margen de crear un templo que tenía como fin rendir tributo a Dios, todo parece indicar que fueron capaces de «erigir templos dentro de los templos». De esta forma, utilizaron como excusa la construcción de las catedrales para hacer de ellas sus santuarios esotéricos.

Los típicos rosetones, claro exponente del arte gótico, no eran solamente ventanas que dejaban pasar la luz. La coloración de sus cristales y las figuras que emitía el resplandor de la luz de sol a través de ellos, favorecían la meditación, la introspección y la conexión con lo divino.

Las gárgolas que en las catedrales tenían la función de decorar los canalones que recogían el agua de lluvia, eran en principio figuras arquetípicas que aludían a valores morales y espirituales. Es cierto que entre las gárgolas se pueden encontrar imágenes demoníacas, que según la tradición indican que el mal está fuera del templo, pero también aparecen figuras en actitudes desvergonzadas o directamente pornográficas. ¿Diversión de los artesanos o ataque subrepticio a la dignidad y la moral de la Iglesia?

No podemos profundizar más en las construcciones de los templos góticos ya que éste no es el objetivo de la presente obra. Para quien le interese el tema, sugerimos la lectura de la controvertida obra de Fulcanelli, *El Misterio de las Catedrales*, donde el ávido buscador de enigmas hallará algunas sorprendentes propuestas.

Baste por el momento recordar la otra gran leyenda de los masones como encargados de edificar el templo de Salomón en Jerusalén, que contenía el Arca de la Alianza.

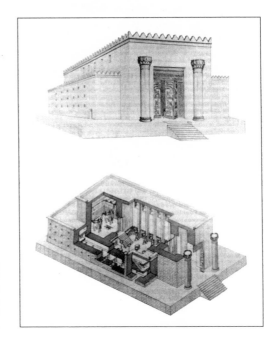

Boceto idealizado del templo de Salomón; según la leyenda los arquitectos masones participaron directamente en la construcción del templo más sagrado de la tradición hebrea.

## El templo de Salomón

Salomón fue rey del antiguo reino de Israel, y gobernó entre los años 961 al 922 a. C. Era el segundo hijo de David, fundador de la dinastía de Judá y de Betsabé. Tanto en la tradición hebrea como musulmana, el rey Salomón es considerado como un personaje especial, capaz de establecer conexiones con el mundo invisible y de dirigir a las entidades espirituales que tienen vinculación con los planos divinos.

La gran obra de Salomón fue el Templo de Jerusalén, construido en siete años con el máximo esplendor que la época permitía. No está probado que los masones participasen en su edificación, aunque las crónicas nos hablan de un recinto cargado de simbolismo mágico y dotado de energías especiales que permitían que las personas sensibles y elevadas espiritualmente alcanzaran estados modificados de la conciencia o, si se prefiere, la conexión con lo divino.

El Templo era un santuario con una puerta presidida por dos columnas huecas de bronce de casi diez metros de altura y dos de diámetro. El recinto había sido edificado para guardar en su interior el Arca de la Alianza, que estaba custodiada por dos querubines de madera revestidos con láminas de oro. Se debe tener presente que para el judaísmo el Arca era en realidad una urna sagrada que contenía la vara de Aarón, un cuenco de maná y las tablas de los Diez Mandamientos que recibió Moisés en el Monte Sinaí.

## CONTRADICCIONES DE LA MASONERÍA TANGIBLE

Provenga o no de los tiempos de Salomón, pasando por las catedrales medievales, la presencia tangible de la Masonería está registrada en fuentes históricas muy concretas. Es sabido que en el año 1717 surge la Gran Logia de Inglaterra, mientras que en 1732 aparece la denominada Gran Logia de Francia. Ambas, presuntamente, persiguen un sistema moral muy particular que se expresa a través de la alegoría y se ilustra gracias a los símbolos. Sin embargo, más allá de este carácter que podría ser sólo especulativo, la ingerencia de la Masonería en la historia tiene más que ver con una relación secreta con la política y las conspiraciones que con una simple búsqueda de la verdad suprema místico-espiritual. Quizá el cambio se debió a la influencia que unos años después ejercerían sobre ella los illuminati.

La Francmasonería que sale a luz en el siglo XVIII, ya no está compuesta por asociaciones de albañiles que pretenden enseñarse el oficio unos a otros, compartiendo el techo de una logia gremial. En este caso se trata de personajes de elevadas clases sociales, dotados de interesantes e interesadas conexiones políticas y religiosas. Los masones tenían una divisa, de la que unas décadas después se apropió la Revolución Francesa: «Libertad, igualdad y fraternidad», y el nombre de la logia en inglés es «Freemasonry», donde «free» significa «libre». Sin embargo debemos saber que entre los masones ingleses había poca o ninguna solidaridad. Para empezar, los negros estaban totalmente excluidos de ella. Se consideraba que eran de una raza inferior y por lo tanto no podían participar del objetivo, que no era ya construir la catedral para la Iglesia sino para el hombre, tanto en esta vida como después de la muerte.

La Masonería inglesa no aceptaba la presencia de mujeres en sus filas. De hecho,

*Un francmasón creado con los materiales de su logia, parodia del siglo XVIII.*

la lucha social por los derechos de la mujer no comenzaría hasta 1851, y en la época en que nos situamos, el género femenino estaba excluido, al igual que las personas de raza negra. En cambio, en la Masonería francesa existía un mayor grado de permisividad, ya que en su seno acogía la diversidad religiosa, política y sexual. La logia que se estableció en Francia era de origen escocés. Es interesante resaltar que procede de la casa Estuardo, que se consideraba guardiana de la tradición de los templarios franceses y que 400 años antes de la fundación de la Masonería, habían participado en la conquista de Escocia. Las logias inglesas, por su parte, se organizaron según el rito de York (que también recibe el nombre de Americano), basado en diez títulos de pertenencia a la orden o grados masónicos. La francesa optó por generar como rito propio el «Escocés Antiguo y Aceptado» que se compone de 33 grados. De hecho, este rito escocés será el que influya mayoritariamente en el continente europeo y en el americano.

La expansión de la Masonería llegó a ser tan relevante y notoria, que el papa Clemente XII emitió en 1738 una bula destinada a condenar a los masones e intentar apartarlos de la Iglesia. Unos años después el cultivado Benedicto XIV refrendará la postura del anterior Pontífice. Esta exclusión se ha mantenido hasta nuestros días, ya que Juan Pablo II la incluyó en un documento sobre la Francmasonería dirigido en 1983 a la Congregación para la Doctrina de la Fe.

A tenor de las declaraciones de los estamentos eclesiásticos, parecería que, más que los illuminati, los que realmente «molestan» a la Iglesia son los masones. Desde luego, con afirmaciones como las mencionadas, y las que siguen llegando cada tanto en la pluma del papa Wojtyla, uno se pregunta cuál es el conflicto que desde hace siglos mantiene la Masonería con la Iglesia, o más bien viceversa.

A pesar de esta hostilidad, lo cierto es que a partir de la segunda mitad del siglo XVIII los masones continuaron con sus actividades prácticamente en todas partes. Sólo la Revolución Francesa provoca una crisis que hizo menguar e incluso disgregar algunas logias. Pero superado aquel momento, muchas se hicieron aún más fuertes y se han mantenido hasta nuestros días. En la actualidad se calcula que hay alrededor de 5.000.000 masones en todo el mundo. Y si al principio encontrábamos dos ritos, hoy existe una infinidad de ellos, que van desde los 10 grados del rito de York hasta los 90 que posee el rito de Misraim.

Los masones tenían una divisa, de la que unas décadas después se apropió la Revolución Francesa: «Libertad, igualdad y fraternidad».

## Las ocho reglas universales

Pese a las variedades litúrgicas o de nomenclatura que observamos en las distintas logias masónicas, existen ocho parámetros básicos que podríamos considerar de obligado cumplimiento y obediencia universal.

- Creencia en Dios, el gran Arquitecto del Universo.
- Juramento sobre el libro de la Ley Sagrada.
- Trabajo en presencia de las Tres Grandes Luces: Libro de la Ley Sagrada, Escuadra y Compás.
- Prohibición de discusiones políticas y religiosas.
- Masculinidad.
- Soberanía.
- Tradicionalismo.
- Regularidad de origen.

### ¿EXISTE UNA CONJURA MASÓNICA?

Si sabemos en qué se basan los preceptos masónicos, vemos de dónde proceden y observamos cómo se organizan, no resulta extraña la sospecha de que entre sus filas se hayan infiltrado en el siglo XVIII algunos illuminati. Mientras que los masones destilaban inocencia y buscaban la construcción de un Universo más elevado, los illuminati perseguían más el poder social y político que el místico, y encontraban en los primeros la perfecta tapadera para lograr sus fines. Sin embargo, tampoco la trayectoria de la Masonería ha sido tan inocente como parece a primera vista.

Los masones fueron grandes protagonistas del Siglo de las Luces, y por ende influyeron en la Revolución Francesa; estuvieron al pie del cañón en la independencia y fundación de Estados Unidos y, ya en el siglo XX, no fueron del todo ajenos a las dos grandes guerras mundiales y otros acontecimientos decisivos. No deja de ser paradójico que una sociedad mística, donde la política debe quedar fuera de las columnas del templo, haya tenido tanto quehacer político en la historia. Posiblemente ésa sea la auténtica conspiración masónica.

### EN BUSCA DE UN GOBIERNO MUNDIAL

Una de las abundantes hipótesis conspirativas sobre las sectas secretas, vincula a los rosacruces y los templarios con la búsqueda de un gobierno mundial. Todo parece indicar que fueron los masones quienes recogieron el testigo y cambiaron ciertos objetivos. La historia asegura que tras la muerte del último maestre templario, sus seguidores tenían instrucciones precisas para perpetuar la Orden. Era preciso crear una sociedad secreta invisible, ya fuera integrándose en otras ya existentes ya creando grupúsculos nuevos y muy discretos: «invisibles».

Cuenta la historia que un pequeño grupo de resistentes templarios fundó la Orden de San Andrés del Cardo Real, que más tarde pasaría a denominarse Colegio Invisible.

A la mencionada orden se fueron incorporando, además de eruditos, un buen número de científicos cuyo objetivo era promover la ciencia y alejarla de los patrones impuestos por el clero. A mediados del siglo XVII, el Colegio Invisible se convirtió en la Royal Society británica, que según parece sigue hasta hoy estrechamente vinculada a los rosacruces y a la Masonería.

Entre los miembros del Colegio Invisible hubo un personaje de incierta biografía y comportamiento misterioso que se hacía llamar Comenius. Su idea era la creación de una «pansofía», es decir, una doctrina universal capaz de gobernar el mundo. Algunas de sus propuestas eran:

- Creación de un Parlamento Mundial.
- Reforma universal de la sociedad en general.
- Reforma de las conceptualizaciones religiosas, políticas y filosóficas.
- Creación de un Tribunal Supremo cuya misión sería velar por la reconciliación de las religiones, a fin de que todo el planeta estuviera consagrado pacíficamente a Dios.
- Establecimiento de una Corte de Justicia Internacional capaz de mediar en los conflictos políticos mundiales.
- Establecer un consejo mundial de sabios, que recibirían el nombre de Superiores Desconocidos y que tendrían la misión de erradicar desde la sombra la ignorancia, el ateísmo y cualquier atisbo de involución social.

Como vemos, la complejidad de la trama —que debía ser totalmente secreta— era notable. La pregunta es: ¿consiguieron sus objetivos? ¿Qué están haciendo ahora? Sólo es posible tener la sospecha de que buena parte de sus metas, en cierta manera, han conseguido ser una realidad.

# 3. LA CONJURA DE BAVIERA

*La Verdad no es el lenguaje del cortesano;*
*solamente surge en labios de aquéllos*
*que no confían ni temen a la potencia ajena.*

GIUSEPPE MAZZINI

En la novela *Ángeles y demonios*, después de haber envenenado a un Papa, la sociedad secreta de los Illuminati se dispone a culminar su siniestro proyecto para destruir a la Iglesia Católica, aprovechando el cónclave para elegir al nuevo Pontífice. Ellos son los grandes conspiradores que, con la ayuda de algún miembro de la secta árabe de los Asesinos, han ido fraguando crímenes que darán como resultado la desestabilización de la jerarquía eclesial, y que al mismo tiempo persiguen, como un último golpe de gracia, volar literalmente el Vaticano mediante la explosión de una bomba de antimateria.

Ésta es en esencia la trama de la novela de Dan Brown, que hemos tomado como referencia para la elaboración del presente libro. Hay en esa obra elementos, basados en la realidad, que rozan la ficción, como la citada bomba; otros son más verosímiles, como que la muerte Juan Pablo I a los treinta y tres días de su reinado haya respondido a una conjura secreta; y finalmente algunos que, convenientemente manipulados, el autor rescata de las tradiciones y textos sobre las sociedades secretas y otras fuentes esotéricas.

La mención de los Illuminati aparece ya desde las primeras páginas de la novela. Efectúan su entrada en escena mediante un atractivo ambigrama (texto que puede leerse de izquierda a derecha y, tras girarlo 180 grados, sigue teniendo sentido), una técnica de escritura simbólica y críptica que no consta que fuera utilizada en momento alguno por los auténticos illuminati. Otro aspecto sugerente es que la trama de ficción sitúa la creación de los Illuminati en la época de Galileo, dando por sentado que los científicos de entonces tenían que reunirse en secreto para intercambiar sus investigaciones lejos de la presión que ejercía sobre ellos la Iglesia. Lamentamos decepcionar al lector, pero no existen pruebas de que Galileo o Copérnico, por citar sólo dos grandes astrónomos, fueran illuminati. Tampoco de que esta famosa sociedad secreta existiese en aquel tiempo, al menos oficialmente, aunque sí había otras sectas a las que pudieron haberse acogido los investigadores disidentes.

Las preguntas que intentaremos responder en este apartado son: ¿En qué momento nacen realmente los Illuminati? ¿Quiénes estaban detrás de ellos? ¿Cuál era su objetivo secreto?

Varios ambigramas (textos que pueden leerse de izquierda a derecha y, tras ser girado 180º, sigue teniendo sentido). De arriba abajo: Túnez, Mercedes, México.

## EL MISTERIO DE LOS ILLUMINATI

En la novela comprobamos que la combinación de ciencia y esoterismo nos ofrece un mundo apasionante. Más allá de sus licencias literarias y de sus argucias narrativas, hay en el libro de Brown un aspecto que no pasa desapercibido: la divergencia entre la Ciencia y la Iglesia. Los illuminati, miembros de la gran sociedad secreta que nació con la misión de terminar con la Iglesia, y cuya aparición se anticipa dos siglos en la ficción del novelista, aparecen en la obra de Brown como científicos:

...En el siglo XVI, un grupo de hombres luchó en Roma contra la Iglesia. Algunos de los italianos más esclarecidos (físicos, matemáticos, astrónomos) empezaron a reunirse en secreto para compartir sus preocupaciones sobre la enseñanzas equivocadas de la Iglesia... fundaron el primer gabinete estratégico científico del mundo y se autoproclamaron «los iluminados».

Según la historia, una oscura noche de tormenta de 1785 un mensajero solitario cayó fulminado por un rayo en el camino que unía Frankfurt con París. Al día siguiente una patrulla de guardias bávaros levantó el cadáver y encontró entre sus ropas un extraño documento. Se trataba de un folleto titulado «Cambio Original en Días de Iluminación», y lo firmaba Espartaco, pseudónimo no tan secreto del renegado jesuita Adam Weishaupt. Este misterioso personaje, nacido en Ingolstadt en 1748, había sido profesor de Derecho Canónico en la universidad de su ciudad natal, donde exponía, pese a la oposición del clero, sus ideas mesiánicas y la necesidad de una revolución mundial contra el avance del mal.

Weishaupt había sido formado por la Compañía de Jesús y era un conspicuo miembro de la Masonería bávara de la época. Pero tenía una visión muy personal de la situación del mundo y consideraba que la Iglesia jugaba un papel perverso en la moral y la espiritualidad de la humanidad. Con algunos colegas y alumnos de Ingolstadt había formado un grupo autotitulado «perfectibilistas», que propiciaban un cambio radical de orden religioso y cultural, que se produciría en un nuevo mundo regido por una república democrática universal (lo que los haría precursores del anarquismo y el socialismo). En 1776 Weishaupt y sus seguidores, entre ellos el barón Adolf von Knigge, fundaron la secta secreta de los Illuminati, que en latín significa «Iluminados», se supone que por la auténtica Gracia divina. En su organización el ocultista bávaro combinó los dos modelos que mejor conocía: el de los jesuitas y el de la Masonería. Según las fuentes históricas esta logia tuvo corta vida, ya que fue disuelta once años más tarde tras el infortunado episodio del mensajero fulminado y el hallazgo del documento secreto de Weishaupt. Pero diversos autores sostienen que se ha mantenido hasta hoy en forma ultrasecreta, aparte de remontar sus orígenes mucho más allá de la fecha de su fundación histórica.

El gobierno de Baviera prohibió la sociedad de los Illuminati en 1787, condenando a muerte a quienes intentaran reclutar nuevos miembros para la Orden y dando publicidad al documento secreto de Weishaupt, así como a los planes conspirativos de la secta.

Mientras ésta se mantuvo más o menos a la luz del día, había conseguido extenderse rápidamente por toda Europa y reclutar a personalidades como los literatos alemanes Johann W. Goethe y Friedrich Nicolai, el escritor y filósofo Johann Gottfried von Herder, o el insigne compositor Wolfang Amadeus Mozart. En su salto a Estados Unidos, concitó la adhesión de George Washington y Thomas Jefferson, al punto de que hay quien afirma que algunos signos del reverso del dólar, como la pirámide truncada coronada por un ojo, provienen de la simbología hermética de los Illuminati.

Quienes sostienen que la secta de Weishaupt continuó llevando en secreto su revolucionaria conspiración, aseguran que los illuminati, como tales o bajo el paraguas de los masones u otras logias, se habrían infiltrado en el Parlamento Británico y en la Secretaría del Tesoro de Estados Unidos, entre otras maniobras para imponer un nuevo orden mundial. Un orden que, obviamente, haría imprescindible la eliminación del Vaticano y sus poderes terrenales.

Adam Weishaupt, creador de los Iluminados de Baviera, cuyo objetivo era conducir al ser humano al camino de la espiritualidad primitiva.

## A LA LUZ DE LOS ILUMINADOS

Para justificar moralmente sus conjuras, engaños y eventuales crímenes, los dores secretos adoptaron a menudo la excusa de que habían sido iluminados por Dios (o el Diablo, en plan redentor) para salvar a la humanidad del mal e instaurar un utópico mundo nuevo. Aparte de la secta de Weishaupt, hubo por lo menos otras dos con el mismo nombre que alcanzaron una cierta importancia, y en las que Weishaupt pudo haber encontrado su fuente de inspiración:

- **Iluminados:** Secta secreta que nada tiene que ver con la de los Illuminati. Apareció en torno al siglo XVI, pero no en Roma, sino en las montañas de Afganistán. Su primer líder fue Bayezid Ansari. No era científico y se limitó a fundar una escuela de iniciación mística en Peshawar. Los adeptos debían pasar por ocho iniciaciones para perfeccionarse a sí mismos y alcanzar fuerzas mágicas.

- **Iluminados de Avignon:** Tampoco son los Illuminati. Se trata de una sociedad secreta fundada en el siglo XVIII dedicada a la astrología y la alquimia. No tuvo ninguna relación con la ciencia de aquel tiempo.

## UNA SECTA TERRENAL

Aunque en la actualidad los presuntos continuadores de los Illuminati parecen estar bastante vinculados al mundo del esoterismo, la magia y, por extensión, al satanismo, lo cierto es que cuando hablamos de los auténticos Illuminati, todos estos temas, al igual que los vinculados con la ciencia, quedan bastante lejos.

Es ciertamente probable que el grupo originario de los Illuminati tuviera vinculaciones con sociedades secretas con un cierto corte esotérico (la Masonería, los rosacruces y otros), pero su propósito era muy diferente. No buscaban un camino místico, ni tampoco la defensa de unos métodos científicos ni, mucho menos aún, la obtención de unos poderes mágicos o esotéricos. El objetivo de los Illuminati es, sencilla y claramente, derrocar los poderes políticos y religiosos establecidos: anular los gobiernos, eliminar de la mente del pueblo el concepto de «patria» y, por extensión, suprimir la religión. Para crear su sociedad secreta Weishaupt no tuvo que esperar una revelación divina ni tampoco el hallazgo de unos manuscritos ancestrales, ni mucho menos recibir la herencia hermética de unos antecesores. A diferencia de otras órdenes, la que nos ocupa tiene rostro, nombre y fecha de creación comprobados históricamente. Los Illuminati son fruto de una mente, la de su fundador, y de una inspiración, la del tiempo en que le tocó vivir.

## Siglo XVIII: una época intensa

Para comprender en toda su magnitud el nacimiento de la sociedad secreta de los Illuminati, conviene repasar la complejidad de los acontecimientos que se vivían a finales del siglo XVIII.

- Un siglo antes, Galileo, Bacon, Descartes y otros habían generado una nueva concepción de la ciencia, cuya repercusión desagradó a la Iglesia que, además, la había condenado.

- Es el tiempo de la supremacía del clero sobre la sociedad, de un mundo cristiano que ve un serio peligro en el avance de la Reforma protestante y una amenaza muy grave en la profundización de los conocimientos científicos.

- En 1723 se funda oficialmente la Masonería, que continúa y actualiza las hermandades de artesanos de algunos siglos atrás. En sus filas pudieron refugiarse aquéllos que estaban cuestionados por la Iglesia.

- Se produce la Declaración de Independencia de Estados Unidos. El 4 de julio de 1776, las trece colonias británicas de América del Norte se declaran soberanas e independientes bajo una fuerte influencia y participación de masones e illuminati.

- En 1789 se lleva a cabo la Revolución Francesa, largamente preparada por intelectuales y políticos progresistas a lo largo del siglo. En ella participaron aquellos que no estaban conformes con el poder establecido de siempre, representado por el «Antiguo Régimen» de la aristocracia y el clero.

- Los conceptos filosóficos y científicos cambian radicalmente: aparecen la *Enciclopedia* de Diderot, la filosofía del conocimiento y moral de Kant, las ciencias de Lanmarck y la creatividad de artistas como Goethe, Goya, Mozart, Molière o Beethoven.

## La fuerza de la conjura

Resulta evidente que Adam Weishaupt, el fundador de los Illuminati, no imaginaba poder dominar el mundo, al menos con la concepción que hoy tenemos de ello. Pero sí buscaba un cierto dominio social y especialmente terminar con «lo de siempre», que venía a ser la autoridad del Papa y las doctrinas eclesiásticas. Todo parece indicar que se acercó a la Masonería buscando interlocutores para discutir sus elucubraciones, y tal vez apoyos para ponerlas en práctica. Sin embargo, lo que veía en la logia de Múnich no acababa de convencerlo, con su ritualismo formal y anodino. Él tenía sus personales ideas sobre el mundo y lo que habría que hacer con él. Su ambición era crear y dirigir su propia sociedad secreta. Cansado de la presión a la que era sometido por los jesuitas y decepcionado por las prácticas de la Masonería, decide buscar algo que se ajuste a sus parámetros mentales. A partir de ese momento, la «luz» la tenía él. El conocimiento era el suyo y la verdad estaría en su poder. Con este rasgo doctrinal pretendía dejar de lado la luz de la religión cristiana, para dar paso al auténtico portador de la luz, que no era otro que el «lucifero», o sea Lucifer.

Tras decisiones como las comentadas, Adam Weishaupt se condena al aislamiento. Se vuelve más racionalista, anticatólico y fanáticamente radical, tanto en lo concerniente a la política como en la religión. Atrás queda el nombramiento de Curator de la Universidad, que había recibido de manos de los jesuitas para reorganizar el centro de estudios. Atrás quedarán también los devaneos con la Masonería. Ya no los necesita y asegura que los Illuminati no forman una sociedad para entretenerse con rituales, que para eso ya están los masones. A partir del momento en que los Illuminati se autocalifican como una institución laica que tiene como fin el progreso de la humanidad, comienzan a acercarse a sus filas numerosos racionalistas alemanes que la inclinan cada vez más hacia los postulados de filósofos franceses como Voltaire o políticos como Robespierre. Ambos personajes, al margen de su papel histórico, tuvieron vinculaciones con distintas sociedades secretas: la Masonería, los rosacruces, y se supone que, de alguna forma, también con los Iluminados.

Retrato de Voltaire. El escritor francés fue uno de tantos intelectuales que durante el siglo XVIII estuvo vinculado a una sociedad secreta.

## LA «LUZ» QUE SE APAGA

Fue así como la Orden de los Illuminati se presentaría como una sociedad con más intención política que mística. Pese a que Adam Weishaupt pensaba tenerlo todo atado y bien atado, algo se le escapó. Poco a poco fueron ingresando en la Orden personajes que teóricamente estaban desencantados de la Masonería e incluso de su pertenencia a los rosacruces, pero que quizá no eran sino infiltrados de dichas sociedades. Dejando a un lado las conspiraciones que sólo estaban en la mente de los «conspiranoicos», lo que sí es cierto es que la orden de Weishaupt llegó a obtener un notable poder. Un poder que se extendió hacia la Revolución Francesa, fenómeno histórico decisivo en Europa, que hasta cierto punto pudo estar orquestado por los Illuminati. Un poder que avanzó en el tiempo y que, como hemos visto en el capítulo anterior, quizá tuvo relación con las dos guerras mundiales y tal vez será el responsable de una tercera que, presuntamente, todavía esperamos.

# El objetivo final de los illuminati

El fundador de los Illuminati tuvo claro desde el primer momento para qué debía servir su sociedad secreta. En primer lugar, la protegió del exterior. Para ello la cerró a los curiosos, y decidió que la única forma de entrar en ella fuera a través de contactos muy estrechos y de confianza. Sólo los más influyentes podían acceder a la Orden. Su jerarquía era extremadamente rígida y la autoridad quedaba reservada exclusivamente al superior, es decir, a Weishaupt.

El proyecto final de salvación del mundo proponía cinco objetivos esenciales:

- **Fin de los gobiernos:** Pretendía erradicar y abolir las monarquías o cualquier otra forma de gobierno que no se ajustase a sus preceptos. Para ello, los miembros de la secta, valiéndose de su poder económico, social y político, tendrían la misión de generar cuantos conflictos fueran necesarios. Sólo cabía un gobierno: el de ellos.

- **Fin de las propiedades:** La meta era conseguir que el poder económico residiera en los miembros de la hermandad y en aquellas redes que ésta hubiera tejido. La propiedad privada y los derechos sucesorios significaban, pues, un peligro. Los miembros illuminati se encargarían de estar en los puestos de control donde se manejara el poder económico.

- **Fin del concepto de nación:** Era preciso erradicar la multiplicidad de nacionalidades. Era mejor un gran imperio, una gran patria, que no muchas y difíciles de controlar. Era preciso velar por eliminar el concepto de patriotismo y de nacionalismo. El objetivo era buscar un nuevo orden mundial. La historia nos recuerda que también Julio César, como Bonaparte y Hitler, buscaron un imperio único.

- **Fin de la familia:** Los Illuminati no creían en el matrimonio ni en el concepto cristiano de familia ni en los sistemas educativos. En parte es lógico, ya que todo ello venía marcado por los preceptos religiosos. El objetivo era hablar de familias libres, donde el amor o el deseo de unión entre dos personas debía prevalecer por encima del vínculo sacramental marcado por la Iglesia. En cuanto a la educación, debía quedar reservada a sistemas comunales donde los educadores habrían sido previamente formados por miembros de la Orden.

- **Fin de las religiones:** Las creencias religiosas y espirituales estaban consideradas como una forma de distracción, a la vez que como un peligroso vínculo con el poder del enemigo. Erradicar las religiones significaba conseguir que solamente las ideas de la sociedad secreta pudieran servir como esperanza y consuelo en la vida.

Ocho años después de su fundación, aunque oficialmente fueron once, llegará el momento de que Weishaupt apague lentamente las luces que generó su secta. No se tratará de un hecho voluntario sino impuesto. El gobierno bávaro, observando la fuerza y la actividad pública visible llevada a cabo por los Illuminati, que no sólo se han expandido sino que incluso ya poseen miembros más allá del Atlántico, estima que son demasiado peligrosos. Weishaupt es privado de sus cátedras y, acto seguido, expulsado del país. Oficialmente la Orden se extingue, aunque en realidad se disgrega. Su creador pasa a vivir en un dulce exilio, ya que acaba refugiado en una de las muchas posesiones que poseía uno de sus protectores, el duque Ernst von Gotha, donde permanece hasta su muerte el 18 de noviembre de 1830.

Pero no todo termina con la disgregación de los Illuminati. Una vez disuelta la Orden, su fundador tuvo varias décadas para seguir tramando conspiraciones e ilustrando a sus cofrades y seguidores sobre el noble arte de las sociedades secretas. Weishaupt escribió diversas obras, entre ellas una crónica sobre la persecución de los Illuminati en Baviera, un manual del sistema del Iluminismo, así como diversos tratados sobre las ventajas de sus principios doctrinales. Tuvo tiempo además de mantener relaciones con jerarcas de la Masonería, así como de otras órdenes secretas de principios del siglo XIX.

### LA HUELLA OCULTA DE LOS ILLUMINATI

«A veces, es preciso que la oscuridad reine por un momento antes de un nuevo resplandor», afirmaba Weishaupt en alguno de sus textos internos. Los Illuminati encendieron sólo una de las muchas antorchas que conformaban las hogueras de las sociedades secretas. Oportunamente reaparecerán, quizá no en primera persona, pero muchas de las conjuras y conspiraciones que se producirán más adelante tendrán, sin ningún género de dudas, una buena influencia de ellos.

En ocasiones se comete el error de pensar que con la finalización o cese de una entidad secreta, ésta muere definitivamente. Este mismo error ha sido cometido y aprovechado por muchos, por lo que respecta a la sociedad de los Illuminati. Oficialmente perduraron once años. La versión histórica afirma que la sociedad fue disgregada, y que su fundador huyó y murió en el exilio. Sin embargo para los investigadores de la conspiración aquello no fue el final, sino más bien el principio de una nueva etapa. El hecho de que el grupo haya sido oficialmente disuelto, le permite seguir con sus actividades de forma todavía más clandestina y sin la preocupación de tener que demostrar que no existe.

Hay otro aspecto a resaltar, y es que los Illuminati habían conseguido ramificarse lo suficiente como para ostentar posiciones de poder en otras sociedades secretas aparentemente más inocentes, como por ejemplo los rosacruces o incluso los masones.

Las fuentes disponibles nos dicen que mientras los illuminati se disgregaban, las filas de la Masonería crecían, al igual que lo hacían los rosacruces y otras sociedades secretas de índole menor, como por ejemplo los Carbonarios o la sociedad que en España se conoce con el nombre de la Santa Garduña. Otras hipótesis postulan que en realidad fue al revés, es decir, que fueron los masones quienes, al introducirse en los Illuminati, consiguieron finalmente su destrucción.

Resulta evidente que una de las dos teorías es la real, como evidente es también que una sociedad como la Masonería, que en principio era de orden espiritual, efectuó una serie de giros políticos sospechosamente iluministas. Una de las creencias más retorcidas —y éstas son precisamente las que merece la pena tener en consideración— indica que, en realidad, tras la disolución de los

Illuminati se creó una sociedad secreta dentro de otra. Así, en el interior de la Masonería habría habido otra hermandad aún más secreta que ni siquiera los principales masones conocían, compuesta por hermanos masones pertenecientes a los Illuminati. Ellos, según esta creencia, dominaban las dos sociedades, y a través de sus postulados y acciones tenían como objetivo dominar el mundo.

Llegados a este punto, merece la pena preguntarse: ¿qué otras sociedades secretas influyeron y participaron de la conjura de los Illuminati? ¿Qué vinculación tuvieron la Masonería, los Carbonarios o la Santa Garduña en los acontecimientos que convulsionaron el Siglo de las Luces y el posterior siglo XIX? ¿Realmente se extinguieron definitivamente los Illuminati, o estuvieron vigilando con celo y participando activamente en la independencia de las colonias británicas y en la Revolución Francesa?

Como podemos observar, y sin pretender restarle validez a la trama de *Ángeles y demonios*, ésta es un inocente juego de niños comparada con la realidad pasada, y muy posiblemente también con la actual.

# 4. LAS OTRAS SOCIEDADES SECRETAS Y GRUPOS DE PODER

*Si buscas resultados distintos,*
*no hagas siempre lo mismo.*

ALBERT EINSTEIN

La singularidad esencial de una sociedad secreta ha sido permanecer invisible a los ojos del mundo. Por lo tanto, la prudencia, discreción y ocultamiento público eran un componente básico para su existencia. Sin embargo, en el siglo pasado y lo que va del presente, antiguas y nuevas hermandades y grupos secretos de poder han comenzado a actuar prácticamente a la luz del día. Resulta un poco sorprendente que todavía reciban el nombre de secretas, cuando se habla de ellas no ya para declarar que existen, sino también para debatir públicamente sus intenciones y actividades o escribir bestsellers. Los illuminati, los rosacruces y los masones son tal vez algunos de los más populares en el actual «hit parade» de esas sociedades.

La opción es muy simple: o dentro de lo que pretenden ser sociedades secretas existen gobiernos en la sombra, que son los que realmente dictan las instrucciones decisivas, o realmente las sociedades secretas no son más que tapaderas de otros grupos que sí son realmente ignotos.

Aparte de las sociedades conspirativas «clásicas» que hemos mencionado, han existido y aún existen muchas otras que, a su manera, han intentado no ya dominar el mundo o participar en las grandes decisiones universales (como pretendían hacer las más relevantes), sino centrarse en aspectos más específicos. Algunas se han especializado en dominar la economía, otras la religión, otras determinados movimientos sociales, y muchas de ellas se han conformado con resultar influyentes de forma local en aquellos países en los que estaban establecidas.

## LOS APÓSTOLES DEL DIABLO

Los «Luciferinos» constituyeron un grupo fundado por Gualterio Lollard en el siglo XIV. Defendían que Lucifer y sus ángeles representaban el conocimiento y la sabiduría. Mantenían que la visión que daba de ellos la Iglesia era injusta y, por extensión, también lo era la expulsión de Lucifer y sus ángeles del Cielo, tal como la presentaban los textos sagrados. Esta sociedad, que pretendía ser indagadora del conocimiento y se manifestaba totalmente contraria a los postulados de Roma, se extendió en Países Bajos, Alemania, Austria, Francia e Inglaterra.

No debemos confundir a los Luciferinos con los seguidores del llamado «Portador de la Luz con Satanás», que es la entidad maléfica por excelencia. Frente a la Iglesia establecida hay dos corrientes diabólicas: la teórica, intelectual y reflexiva, marcada por el luciferismo; y la práctica, mundana, terrenal, dictatorial y jerárquica, en manos del satanismo.

El satanismo postula atacar a la Iglesia, invertir sus símbolos y profanar sus templos. Persigue, simple y llanamente, mantener una línea de actuación totalmente contraria a

Antiguo grabado que representa al Ángel Caído. Según los Luciferinos representaba el conocimiento y la sabiduría.

la que viene marcada desde Roma. Se sintetiza en «luchar contra el opuesto». Sin embargo, el satanismo no tendría sentido si no existiera la Iglesia, y ésta no tendría enemigo alguno, al menos desde el punto de vista conceptual, si no pudiera recurrir al Mal y más concretamente a Satanás, como contrafigura de su prédica. Iglesia y Satanismo, es decir, las representaciones del Bien y del Mal, no tendrían demasiada razón de ser si uno de los dos estamentos dejara de existir.

El luciferismo buscaba la claridad, el entendimiento. Partió de la base de que Lucifer se enfrentó a Dios por su negativa a entregarle la sabiduría y el libre discernimiento y albedrío. Defendía que el ser humano es en sí mismo una representación de Lucifer, ya que posee los sentidos, las emociones, la sensibilidad, la psiquis y los sueños. Como aquél, busca entender para qué ha venido al mundo, intenta comprender quién es Dios y requiere de una libertad que no esté subyugada a los designios marcados por entidades que no siempre comprende.

No debe extrañarnos que, con postulados como los anteriores, Dan Brown plasme a través de su relato la idea de que los Illuminati en cierta forma tienen una vinculación luciferista, dado que buscan el conocimiento, en este caso defendiendo la supremacía de la ciencia por encima del dogma. Ahora bien, salvo contados casos, debemos dejar claro que el luciferismo no recurre, como sí lo hace el satanismo, a la violencia y a la trasgresión de las leyes gubernamentales y civiles.

## LAS OTRAS CONSPIRACIONES

En la estela de la Revolución Francesa y las invasiones napoleónicas, la Europa del siglo XIX se convirtió en un fértil semillero de sociedades secretas y grupos conspirativos, algunos de los cuales fueron decisivos en los grandes cambios políticos y sociales de esa centuria. Sería sin duda demasiado prolijo mencionarlos a todos, pero a continuación reseñaremos brevemente los más importantes:

• **Los Carbonarios.** La sociedad secreta de los Carbonarios, surgida en el sur de Italia durante la ocupación napoleónica, tenía como símbolo el carbón, al que veían como «capaz de purificar el aire y alejar de las estancias las bestias feroces». Creían que, como elemento combustible que era, el carbón tenía la facultad de limpiar la atmósfera circundante y, por tanto, permitir al ser humano enfocar desde nuevos puntos de vista los asuntos que le preocupaban. Creían que el carbón, utilizado en determinadas ceremonias rituales, favorecía la claridad mental que facultaba para pasar triunfalmente a la acción y eliminar a los enemigos, ya fueran políticos, religiosos o militares, que ellos identificaban con «bestias feroces».

El movimiento Carbonario surgió en Nápoles a comienzos del siglo XIX, llegando también a operar en Francia, Portugal y España. Su ideología básica era luchar contra las autoridades civiles y religiosas. Su creencia se basaba en alcanzar la libertad de acción más allá de lo que pudieran dictaminar los poderes establecidos. Se reunían en secreto en pequeñas chozas que, agrupadas, recibían el nombre de «repúblicas». Sus miembros, pertenecientes a la clase alta y media alta, se organizaban en una jerarquía de logias que mantenían una estructuración paralela formada, por un lado, por la población civil, y por otro, por las fuerzas armadas.

Reproducción del Estatuto de la Carbonería (foto del Museo del Renacimiento Italiano).

Giuseppe Garibaldi, uno de los miembros más activos y destacados de los Carbonarios.

Aunque era una sociedad secreta que poseía raíces esotéricas, algunos de sus miembros tenían relación con la Masonería y los Illuminati, por lo que prácticamente el grupo Carbonario era una sociedad conspirativa de carácter político. Entre sus miembros más destacados se contaron Giuseppe Garibaldi, el gran luchador por la independencia y la unidad italiana; y Giuseppe Mazzini, mentor del anterior y fundador de la logia revolucionaria de «La Joven Italia», vinculada a otras sociedades libertarias conjuradas en la formación de «La Joven Europa». Dichas conspiraciones quedarían plasmadas en una serie de cartas que mantuvo Mazzini con Albert Pike, el líder del Ku Klux Klan.

• **La Santa Garduña.** Su origen legendario es anterior al surgimiento de los Illuminati (siglo XVIII), y se funda como un grupo guerrillero y político, también en cierta forma místico. Según su leyenda fundacional, tras la invasión árabe a España san Apolinario, un devoto ermitaño, experimenta una visión de la Virgen de Córdoba. La aparición le advierte que la invasión de los musulmanes se debe a un castigo divino, por la dejadez y la falta de atención para con las obligaciones litúrgicas. La Virgen conmina a san Apolinario a que reúna en su nombre a personas de bien, que deberán dejarse guiar por la Biblia y tendrán la misión de atacar a los invasores árabes, a sus posesiones y sus familias.

Aunque la historia oficial sitúa al movimiento secreto de la Garduña en el siglo XIX, lo cierto es que existen crónicas que nos hablan de sus antecesores, actuando ya entre los siglos XVI y XVII como secretos colaboradores de la Inquisición, participando en las ejecuciones de árabes y judíos y apropiándose de sus bienes. Los garduños usaban la Biblia como libro oráculo. Antes de planificar un ataque o tomar una decisión, abrían el libro sagrado al azar y buscaban en él una frase o pasaje inspirador, y después pasaban a la acción.

En tiempos más modernos los garduños se erigen como un grupo político que persigue la resistencia contra la dominación napoleónica. Tras la retirada de los franceses, se convierten en una sociedad de corte liberal formada por miembros acaudalados e influyentes. Su poder e ingerencia eran notables, tanto es así que en el año 1821 el gobierno del rey español Fernando VII detiene al Gran Maestre Francisco de Cortina, pretendiendo así descabezar a la Orden.

El 25 de noviembre de 1822, Cortina es ejecutado en Sevilla, y junto a él, 16 mandatarios de La Garduña. Este hecho provoca que los supervivientes de la persecución pasen a la clandestinidad, y huyen muchos de ellos a América del Sur, donde reestablecen su Orden y colaboran en las revoluciones independentistas.

Está comprobada la influencia de la Masonería en la emancipación de buena parte de las colonias españolas. Partiendo de la base de que el masón Francisco de Miranda intentó una revuelta en Venezuela; que también eran masones los libertadores Simón Bolívar y José de San Martín, y que los masones Hidalgo y Castillo inician en 1810 el proceso de la independencia de México, cabe suponer que los miembros de la Santa Garduña estuvieron en estrecha colaboración con ellos, realizando cuantas acciones fueran oportunas para lograr sus fines.

## Una orden de mercenarios

La Santa Garduña estaba organizada en nueve grados de actuación, dirigidos por los miembros con grado de «magistri».

Cada magistri coordinaba a los integrantes de un grupo de mercenarios que, en este caso, tenían la misión de asesinar, robar, secuestrar y extorsionar a ciudadanos árabes y judíos seguidores de sus religiones originales.

Sus actuaciones se retribuían según tarifas establecidas. De esta forma, al contratar sus servicios, estipulaban diferentes cuantías en función de si se trataba de presionar, extorsionar, secuestrar o asesinar.

Una vez cobrados los servicios, en especie o en metálico, un tercio de la cuantía era repartida entre los mercenarios y el resto pasaba a formar parte de las arcas de la organización, que con dicho dinero o bienes perpetuaba o ampliaba su poder.

• **Los poderosos caballeros negros.** Se trata de una sociedad secreta que presuntamente bebió en las fuentes de los Illuminati y que tuvo ciertas vinculaciones con la Masonería. Era una orden local fundada en el 1815 por un profesor berlinés, con el objeto de luchar contra la invasión del poder napoleónico. De ser cierta esta historia que nos ha llegado, cabe preguntarse si es posible que hubiera masones entre sus filas, cuando el propio Napoleón estaba adherido a la logia masónica de Hermes.

• **Los Comuneros: más allá de la Masonería.** Los Comuneros eran una sociedad secreta que nació en 1821 en el seno de la Masonería, y que toma su nombre de los Comuneros castellanos que se alzaron contra el Emperador Carlos I en el siglo XVI. Los nuevos Comuneros afirmaban que el objeto esencial de su existencia era conservar, por todos los medios que tuvieran a su alcance, la libertad del género humano, y concretamente los derechos del pueblo español contra los abusos del poder, así como auxiliar a quienes por esa causa padecieran desgracias.

• **Los Concienciarios: enemigos de la Iglesia.** Aunque en teoría era una asociación de pensadores progresistas, todo parece indicar que en su interior se albergaba un grupo secreto de notable influencia librepensadora, que muchos han visto con un talante satanista en tanto negaban la existencia de Dios. En realidad se trató de un grupo protestante de influencia local, que en 1764 redactó en París unos estatutos bastante explícitos respecto de sus creencias: la no existencia de Dios, ni tampoco la del Demonio.

Los Concienciarios creían que era preciso despreciar a los miembros de la Iglesia, a los que consideraban manipuladores. Defendían que la ciencia y la razón debían reemplazar a los sacerdotes y magistrados.

Su filosofía de acción era:

Vivir honestamente unido a una conciencia global del todo, dejando de lado lo que marcaban los libros sagrados, en especial la Biblia que, según ellos, estaba llena de «fábulas y contradicciones».

No dañar a nada ni a nadie, salvo que fuera preciso «dar a cada uno lo suyo y lo que en justicia le corresponda».

Influenciar en los estamentos dominantes para conseguir clarificar la sociedad, haciéndole entender que aquellos conceptos que la Iglesia pretendía imponer al hombre, como familia y matrimonio, no eran sino cortapisas para la felicidad y elevación del ser humano.

• **Los Decembristas: conspiradores aristócratas.** De nuevo se trata de un grupo presuntamente secreto y de carácter local, aunque supuestamente influenciado por seguidores del espíritu de la sociedad Illuminati. Estaba conformado por nobles revolucionarios rusos, que cuestionaban el absolutismo del zar y propiciaban una monarquía constitucional. A través de los grupos que fueron creando y de su poder económico, lograron escalar posiciones en la política rusa. El nombre proviene de la fecha de su primer

Retrato de Nicolás II. La Revuelta de los Decembristas no consiguió alejarlo del trono; finalmente fueron desterrados a Siberia o ejecutados en su mayoría.

levantamiento, el 21 de diciembre de 1825, para impedir el ascenso al trono del zar Nicolás II. Esta asonada fue duramente reprimida y la sociedad Decembrista se hizo todavía más oculta, sin embargo su actividad desde la sombra siguió latente. Fundaron varias sociedades secretas que dependían de la Orden, como por ejemplo «Sociedad del Norte», «Sociedad de los Eslavos Unidos» y «Sociedad del Sur». Se cree que más tarde se disgregaron en pequeños grupos conspirativos.

• **Los Hijos Blancos de Irlanda.** Surge de un grupo local de conspiradores irlandeses cuyos primeros testimonios datan de 1761. Era una sociedad secreta que se había inspirado en la Masonería, tanto para su organización como para intentar alcanzar determinadas esferas de poder político. Tuvo dos ramas: una más contemplativa y especulativa, que realizó coqueteos con el esoterismo y el espiritualismo iniciático; y otra mucho más dura, ansiosa de pasar a la acción en contra del poder establecido, para lo cual no dudaron en incendiar casas, derribar cercas y atacar a los grandes terratenientes. Por otra parte, desafiaban las normas religiosas impuestas, defendiendo la libertad del hombre por encima de los mandatos de la Divinidad.

## 5. Conjuras secretas para mundos concretos

*Todo el estudio de los políticos se emplea en cubrirle el rostro a la mentira para que parezca verdad, disimulando el engaño y disfrazando todos los designios.*

Diego de Saavedra

*La política es el arte de servirse de los hombres haciéndoles creer que se les sirve a ellos.*

Louis Dumur

Se ha culpado a las sociedades secretas de estar detrás de acontecimientos como la Independencia de Estados Unidos, de la Revolución Francesa, de los levantamientos que propiciaron la independencia de los países sudamericanos, de la Revolución Soviética, de las guerras mundiales, de la caída del Muro de Berlín y la Perestroika de Gorbachov, por no hablar de conflictos más recientes, como las crisis del Golfo Pérsico que han provocado las dos guerras de Iraq. Antes de afirmar que todos estos acontecimientos respondieron a tramas de las sociedades secretas y de sus intereses, deberíamos dejar un margen a las dudas y a la buena fe. Pero lo cierto es que los datos con que se cuenta hacen que ese margen resulte bastante estrecho.

### 1789: el año del cambio

La Revolución Francesa no se produjo de la noche a la mañana. Se fue gestando lentamente mediante tramas y complots que culmi-

naron, al menos a grandes rasgos, en c
la Revolución implicó el derrocamier
monarquía en Francia y la proclamac

El motivo proclamado para justific
gobernantes, entendiendo como tales
guesía, eran incapaces de solucionar
tenía desde hacía tiempo. El país era c
que se dotaba de más ideología y cap;
provocaron que aquéllos que no estab
nes sí lo tenían como injustos merecec

No deja de ser significativo que
dad y fraternidad» que ostentaba l
Francia, bastante anterior a la Revo
gico de sus instigadores. Todo pare
tuales, financieros y políticos que ha
ciedades secretas, les resultaba muy interesante poner en
un complot capaz de cambiar las estructuras sociales y políticas
que dominaban hasta entonces.

El rito escocés de la Masonería fue introducido en Francia a
mediados del siglo XVIII por militares y aristócratas que se ocuparon de que la logia, en cuyas filas se encontraban los Illuminati, estuviera perfectamente infiltrada en la sociedad. Pese a que
Luis XVI había amenazado con encarcelar en La Bastilla a quien
perteneciera a cualquier tipo de sociedades secretas (que cada vez
le resultaban más peligrosas), éstas seguían creciendo, incluso a través de subórdenes seguidoras de filosofías templarias y rosacruces.

El ideario masón resultaba muy atractivo para un pueblo sub-
yugado y empobrecido. Se estima que en las vísperas de la Revolución había alrededor de 60.000 masones en Francia. Una
cantidad reducida pero trascendental, si tenemos en cuenta que
ocupaban las capas altas de la burguesía y estaban prácticamente a la cabeza de los círculos donde se generaban nuevas ideas y

opiniones. Si a todo ello le añadimos que el proyecto Illuminati era la erradicación de los reinos, la abolición de la propiedad privada y la eliminación del poder del clero, se puede conjeturar que todos estos aspectos vendrían como anillo al dedo para ser concretados a través de la Revolución.

Otro dato importante es la gran cantidad de movimientos estratégicos que se realizan entre las logias masónicas, que radicalizan sus posiciones políticas al tiempo que generan planes para debilitar la monarquía y el gobierno. En ese momento se crean sociedades como «Los Amigos de la Verdad», destinadas a realizar un plan de reforma social que inspira la Revolución Francesa. Otra sociedad es la denominada «De las Nueve Hermanas», que busca la creación de un sistema alternativo al de la educación clerical. En estas organizaciones participarán activamente personajes que impulsarán la independencia de EE. UU., como el presidente Benjamin Franklin, filósofos encabezados por Voltaire y esoteristas como el conde de Cagliostro o el médico Franz Mesmer, autor de la teoría de la sugestión magnética.

Cuando tras el alzamiento revolucionario de 1789 se constituye la Asamblea Nacional, el 80 % de los asambleístas son masones. El resultado de la Revolución implicó que la Asamblea proclamase la libertad religiosa; anulase los derechos de la monarquía;

Giuseppe Bálsamo (conocido como Cagliostro), rosacruz, místico y curandero, fue el creador del rito masónico de los tres grados.

79

optase por la declaración de los derechos del hombre y se generase una guardia especial constituida por milicias populares, en las cuales se habían infiltrado miembros de las principales sociedades secretas, con la misión de velar por la seguridad y mantener los preceptos de los gobernantes en la sombra.

## El misterioso conde de Cagliostro

El personaje conocido como Cagliostro, nacido en Palermo en 1743, se llamaba en realidad Giuseppe Bálsamo (que tampoco es mal nombre para un curandero). Era de familia humilde y prácticamente se crió en la calle, lo que le sirvió para estar muy bregado en picaresca y en capacidad de supervivencia ante la adversidad. Viajó por los principales centros culturales de la época: Grecia, Egipto, Marruecos, España y Francia, además de Italia. Todos ellos fueron lugares de paso y aprendizaje para el futuro místico a la vez que mago. En aquellos tiempos Cagliostro vivía de sus «dotes» de curandero y peregrinaba por las ciudades vendiendo un «elixir de la eterna juventud», producto que combinaba con filtros para el amor y preparados alquímicos de múltiples aplicaciones.

En 1785 vivía en una posición francamente holgada en la corte francesa, pero tras un escándalo que lo vinculó con el robo de un collar de María Antonieta, comenzó a caer en desgracia. En 1791 fue detenido por la Inquisición, acusado de engaños, estafas y, lo que era todavía más importante, por ser un conspirador y frecuentar la Masonería, además de intentar organizar una logia en Italia. Lo cierto es que Cagliostro había pertenecido a la Rosacruz y había introducido importantes reformas liturgias en esa sociedad secreta. Fue también miembro de la Masonería, y una de sus profecías más impactantes predijo la Revolución Francesa y la Independencia de Estados Unidos. En ambos sucesos estuvo luego implicada la logia masónica que había acogido al misterioso conde.

La historia oficial registra que permaneció en prisión hasta el momento de su muerte. La leyenda asegura que no sólo efectuaba salidas temporales de la prisión a través de un espejo mágico, sino que además utilizó sus dotes de brujo para fugarse de la cárcel. La estrategia fue intercambiar mediante sortilegios su cuerpo con el de un monje (otros apuntan a un celador), que fue en realidad el cadáver que los guardianes encontraron en la celda de Cagliostro.

Los resultados de la Revolución Francesa no cuadraron al cien por cien con lo pretendido por las principales sociedades secretas que estaban detrás desde el comienzo. Aunque la primera transformación del Estado francés fue convertirse en Monarquía Constitucional, las revueltas resultaban imparables y el pueblo parecía estar tomando el mando, lejos de las instrucciones de los gobiernos en la sombra. Se proclamó la primera República y se encarceló a Luis XVI y a su familia. En 1793 el rey es condenado a muerte y decapitado, como otros cientos de condenados, mediante el invento del médico masón Joseph Ignace Guillotin, bautizado por el populacho como «la guillotina».

Muchos masones perecieron en el trágico invento de uno de sus «hermanos», el doctor Guillotin.

Ante aquella situación no prevista, los poderes en la sombra necesitaban buscar entre sus acólitos a alguien que tomara el mando. ¿Quién mejor que el brillante general Napoleón, héroe popular y miembro fiel de la Masonería?

## NAPOLEÓN BONAPARTE, UN MASÓN AFORTUNADO

En el mismo año que decapitaron al rey, Córcega declaraba su independencia de Francia. Bonaparte, que era teniente coronel de la guardia nacional, huyó al continente con su familia. A partir de ese momento comenzó su meteórica carrera. Ascendió a general con veinticuatro años, y dos años más tarde salvó al gobierno revolucionario de una insurrección en París. En 1796, fue nombrado comandante del ejército francés en Italia, donde luchó contra Austria y sus aliados y conquistó para su país la República Cisalpina, la República Ligur y la República Transalpina, según él mismo las bautizó. Poco después comandó una expedición a Egipto, que en aquel entonces estaba dominado por los turcos. Conquistó el país del Nilo, reformó la administración y la legislación egipcias, abolió la servidumbre y el feudalismo y dejó en la tierra de los faraones a un buen grupo de eruditos franceses, con la misión de estudiar la milenaria historia de Egipto así como de realizar excavaciones arqueológicas.

Cuando regresó a Francia, Napoleón se unió a una conspiración contra el gobierno jacobino y participó en el golpe de Estado en noviembre de 1799. Se establece un nuevo régimen en el que Napoleón dispondrá de poderes prácticamente absolutos. Crea una Constitución en 1802 y se proclama emperador dos años después, cuando ya casi toda Europa había caído a sus pies.

## Napoleón y la Masonería

Un texto masón de 1806, correspondiente al Gran Oriente de Francia, afirma que tras siglos de persecución, la Masonería «reposa bajo los auspicios de un príncipe (S. M. El Emperador Napoleón) que se ha declarado protector de la orden masónica después de haber participado él mismo en nuestros trabajos...».

Lo cierto es que Bonaparte jamás afirmó abiertamente ser masón, aunque sí lo era su padre y muchos de sus familiares y allegados, a quienes el emperador orientó para que entrasen en dicha Orden. Su hermano Luis fue Maestro masón, mientras que José, breve usurpador del trono de España, alcanzó el grado de Gran Maestre.

Para los investigadores de lo conspirativo, la Europa napoleónica y el imperio que consiguió construir fue posible gracias a la sabia intervención de varios seguidores de los Illuminati. Recordemos que lo que había perseguido siempre esta ancestral sociedad secreta era un gobierno mundial, y aquello parecía ser un buen comienzo, ya que el propósito de Napoleón Bonaparte no era otro que crear una federación europea de pueblos libres.

## El retorno de los reyes merovingios

No sólo los masones e illuminati estaban interesados en Napoleón. A espaldas del emperador, otra sociedad secreta menos conocida y aún más extraña gestaba una trama oculta: sentar en el trono francés a la dinastía merovingia de los primeros reyes de Francia, e impulsar que su dominio englobara a toda Europa.

Los grupos que estaban detrás de la trama que conoceremos seguidamente les resultarán familiares a los lectores de la primera obra de Dan Brown, *El Código Da Vinci*. Nos referimos al Priorato de Sión, la hermandad secreta precursora de la Orden de los Pobres Caballeros de Cristo, más conocidos como Orden del Temple.

Los templarios, según parece, tenían la misión de preservar la descendencia de la sangre real que portaba el hijo de Jesús y María Magdalena, cuya descendencia se había extendido generación tras generación hasta fundar la dinastía de los reyes merovingios. La idea no sólo resulta extemporánea, sino también un tanto inverosímil.

Meroveo, el legendario jefe bárbaro cuyo nombre tomó la dinastía franca asentada en la Galia, era un pagano de origen germánico, que poco o nada pudo tener que ver con los presuntos hijos de Jesús. Pero tenemos que barajar la idea de que en la historia todo es posible...

## NAPOLEÓN Y SU ESPOSA MEROVINGIA

El emperador Napoleón no sabía cuán cerca de sí tenía la sangre real merovingia. Según la leyenda, los miembros del Priorato de Sión se ocuparon de producir un encuentro fortuito entre Napoleón y Josefina, que videntes, magos y conspiradores se encargarían de avivar para que fructificase y conseguir que ambos se casaran.

Marie-Josèphe Rose Tascher de la Pagerie, más conocida como Josefina, era la viuda del vizconde de Beauharnais, que había sido guillotinado durante la Revolución. Fruto de ese matrimonio habían nacido dos hijos, Eugenio y Hortensia, que pertenecían a la dinastía merovingia por herencia de la familia de su ajusticiado padre. Con la boda y la posterior adopción por parte de Napoleón de los hijos de su esposa, la dinastía merovingia volvía a estar en el trono de Francia. Es más, la niña, Hortensia de Beauharnais, llegaría a ser la esposa de Luis I Bonaparte, hermano de Napoleón, al tiempo que madre del creador del segundo Imperio Francés, Napoleón III.

Josefina, retrato anónimo. Según la leyenda, su idilio con Napoleón Bonaparte fue orquestado por el Priorato de Sión con el fin de perpetuar la dinastía merovingia.

## El linaje de Jesús

Según las crónicas, en el año 1099, tras conquistar Jerusalén, Godofredo de Bouillon fundó la Orden de Sión. Sus miembros se encargarían de velar por la pureza de sangre de los descendientes fruto de la unión carnal entre María Magdalena y Jesús. Esta tradición cristológica sostiene que María Magdalena, tras la crucifixión de Jesús, se dirigió a las Galias escoltada por José de Arimatea. Ella portaba consigo el Santo Grial que, en realidad, no sería un cáliz físico, sino la sangre de Jesús (*sang real*) que tenía el hijo que Magdalena esperaba de él.

Una vez en Francia, el linaje de Jesús se las habría arreglado para acordar una unión matrimonial con la familia del jefe invasor Clodoveo, que será el primero de los reyes francos, dando así lugar a la dinastía merovingia. Por su parte, el Priorato de Sión tendría la misión, desde la clandestinidad, de velar por la descendencia de la estirpe hasta que llegase el momento oportuno y el descendiente de un merovingio pudiera recuperar el trono de Francia.

### Cristóbal Colón no fue el primero

A estas alturas, pese a lo mucho que les duela a los más tradicionalistas, seguir diciendo que Colón descubrió América ha pasado a ser una ingenuidad. Los habitantes de aquellas tierras hacía tiempo que esperaban la vuelta de los Viracochas, que personificaban a los dioses blancos que los habían visitado en el pasado.

Una de las historias al respecto afirma que la primera llegada de europeos al Nuevo Continente acontece en el año 877. Se trataba de unos monjes irlandeses pertenecientes a una orden secreta conocida como «Culdea», cuyos datos se han perdido en la historia. A éstos les siguen los navegantes vikingos, quienes, según la leyenda, en primer lugar se asentaron en Canadá; posterirmente se desplazaron hacia México, para expandirse por algunas zonas de Centroamérica. Los vikingos habrían trazado mapas primigenios del Nuevo Continente, que se supone consultó después Colón antes de realizar sus viajes. Sostienen algunas crónicas que estos mapas acabarían en manos de la orden militar del Temple. Ésta, tras la caída del reino de Jerusalén y sentir amenazada su permanencia, establecería negociaciones con los vikingos y crearía una primera ruta para poder asentarse en el Nuevo Mundo, desde luego mucho antes que Colón. Y también con anterioridad a ese acontecimiento, se habrían refugiado en América aquéllos a los que el Priorato de Sión había encomendado la misión de velar por la Sangre Real.

Hay un dato, cuanto menos, curioso: el conde de Sant Clair, que mantenía excelentes relaciones con los templarios, ordenó en 1446 edificar una capilla que se levantó en Escocia a diez kilómetros de Edimburgo. La capilla, además de numerosa simbología esotérica, tiene relieves esculpidos en sus muros en los que se observan mazorcas de maíz y plantas americanas que en aquella fecha no se conocían en Europa. Recordemos que el descubrimiento «oficial» de América aconteció el 12 de octubre de 1492, es decir, 42 años después de la fundación e inauguración de la citada capilla.

## Un refugio en América

Los primeros colonos que arribaron al continente americano, después del Descubrimiento, tenían más de un motivo para embarcarse en aquella aventura transatlántica. Uno de las razones que más pesaba era seguramente la persecución a la que estaban sometidos en el continente europeo.

En España, Francia, Portugal, Inglaterra, Italia, y otros reinos europeos, había muchísimas personas perseguidas por el poder establecido. Gran parte de ellas vieron en los viajes al Nuevo Continente una forma de reiniciar su vida. Se trataba de condenados por sus creencias religiosas, políticas o filosóficas, pero también por haber cometido delitos comunes en sus países de origen. A muchos de ellos se les conmutaba la pena a cambio de que se establecieran en las colonias de América. Y muchos, tanto los que marcharon voluntaria como involuntariamente, se encargaron de «preparar el terreno» para crear el destino oculto urdido por las conspiraciones de las sociedades secretas. Una de ellas fue la «Orden de la Búsqueda», que supuestamente se habría establecido en América en 1625, y a la más tarde pertenecería Benjamin Franklin. Otra fue la Orden del Yelmo, con vinculaciones templarias. Poco después llegarían los illuminati y los masones, por no hablar de los rosacruces.

Retrato de Benjamin Franklin, uno de los varios presidentes de Estados Unidos que ha militado en las filas de la Masonería.

## La conjura que fundó Estados Unidos

El gran objetivo de los Illuminati había sido siempre la creación de un nuevo orden mundial, y el Nuevo Continente parecía ser campo el perfecto para labrar ese sueño. Todo parece indicar que los Illuminati, ya fuera a través de sus propios recursos o mediante infiltraciones en otras sociedades secretas, tejieron los hilos necesarios para configurar lo que se ha dado en llamar «el destino secreto de Estados Unidos». Para tal fin contaron también con la singular ayuda de la denominada «Orden del Yelmo». En ella, se habría enrolado un fantástico personaje ya mencionado en este libro: el filósofo inglés Francis Bacon, que tuvo vinculaciones con el ocultismo, el esoterismo, la filosofía hermética y el movimiento Rosacruz. Muchos ocultistas consideran que Bacon fue una de las muchas encarnaciones con que se manifestó el conde de Saint-Germain, que era, quizá para su desgracia, supuestamente inmortal.

Su leyenda se forja en el apropiado escenario de los Cárpatos, donde nació su protagonista el 26 de mayo de 1696. Al parecer pudo ser hijo del último soberano de Transilvania, y no ha faltado quien vea en él al auténtico conde Drácula. Saint-Germain estudió cábala y alquimia, materias en las que sobresalió. Se decía que a través de dichas disciplinas había logrado obtener grandes poderes mágicos. En 1758 Madame Pompadour se interesa por sus hazañas y, tras conocer a nuestro hombre, queda «subyugada por su fuerza y poder, capaz de mostrar maravillas imposibles para un simple mortal». El aprecio que

Retrato del conde de Saint-Germain, un personaje misterioso y enigmático cuya leyenda le ha sobrevivido.

siente la gran favorita por nuestro personaje hace que lo lleve ante Luis XV, quien lo introducirá en la corte.

Lo que más maravilló a los cortesanos, al margen de que el conde aparentaba unos treinta años en lugar de los sesenta y dos que tenía, fue su comportamiento en la corte: no comía, no bebía y jamás se le veía dormir ni mostraba cansancio. Además, dado el esplendor con que se vestía y los bienes de que parecía disfrutar (de los que nadie conocía el origen), pronto corrió el rumor de que poseía increíbles secretos alquímicos que le daban el poder de mutar el plomo en oro. Pero ese dato no es más que una pincelada en su misterio.

---

### El conde de Saint-Germain: conspirador inmortal

Éstas son algunas de las hazañas que se le suponen a Saint-Germain, a lo largo de su eterna biografía:

- Inspiró a Akhenatón el mismo día en que a éste se le reveló el sol y decidió crear un nuevo culto monoteísta.
- Fue uno de los constructores del templo de Salomón y siglos después, dada su inmortalidad, trabajó junto a los constructores de catedrales, animándoles a fundar una primigenia sociedad o gremio que luego se conocería con el nombre de Masonería.
- Fue uno de los principales instigadores del movimiento de los rosacruces. Es más, hay quien afirma que él mismo era Christian Rosenkreutz.
- Se ha llegado a asegurar que fue el filósofo y científico inglés Roger Bacon (1214-1294), y que participó y colaboró en las investigaciones de genios como Leonardo da Vinci (1452-519) o Galileo Galilei.
- Cedió unos mapas secretos a Colón que le facilitaron la navegación y el posterior descubrimiento de América.
- Inspiró a Adam Weishaupt en la creación de los Iluminados de Baviera y siguió de cerca sus movimientos al introducirse en la Masonería.

Saint-Germain habría participado activamente en la independencia de las colonias inglesas de América desde varias sociedades secretas, propiciando la fundación de Estados Unidos.

En este tiempo, justo antes de la independencia y posterior fundación de Estados Unidos, existe una verdadera pugna por el poder entre la Iglesia Católica y las sociedades secretas de la época, y en especial los Illuminati. El motivo es que el clero estaba haciendo todo lo posible por expandir el catolicismo en el Nuevo Mundo, intento que las distintas sociedades veían como una amenaza para sus impulsos libertarios e iniciáticos. Durante este periodo la Masonería se implanta con comodidad en las trece provincias británicas del continente, lo que al paso de los años dará como resultado una gran proliferación de nuevas órdenes, con sus intereses políticos, sociales y económicos.

En los albores de 1776 las colonias británicas estaban casi abandonadas por su metrópolis, que ya no podía hacer frente a las ansias de poder de los colonos. Esto genera que el 4 de julio de 1776 se efectúe la Declaración de Independencia de las 13 colonias británicas de América del Norte. De los 56 firmantes de dicha declaración, 53 son masones.

## EN EL NOMBRE DEL DÓLAR

Tras la Independencia, es preciso instaurar nuevos símbolos capaces de aglutinar los diversos componentes de la nueva nación. Uno de los más populares, que ha ido sufriendo cambios, es el dólar. Respecto a esta moneda, vamos a analizar seguidamente algunos aspectos de su simbología que resultan cuanto menos intrigantes.

De entrada conviene saber que el Gobierno Federal aprobó la ley monetaria de 1792 que en principio establecía dos patrones de valor: un dólar de plata y otro de oro que sólo circuló entre 1849 y 1889. Al tiempo, se adopta el sistema métrico decimal, que consideraban mucho más fácil que el sistema británico. Pero esto no es lo más curioso. Lo sorprendente es que para el diseño de los sím-

Muchos de los símbolos que aparecen impresos en los billetes de un dólar tienen
un origen masónico o illuminati.

bolos que aparecieron, y que todavía se mantienen hoy, se contó
con el asesoramiento tanto de masones como de los illuminati.

Veamos algunos de los símbolos más relevantes:

- El fénix fue la criatura alada que se estampó en los primeros
  dólares, en tanto que simbolizaba el renacer de las cenizas,
  dejar atrás tiempos pasados para que florecieran otros nuevos,
  al tiempo que se trata de un símbolo hermético.
- En 1841 el Fénix, que había simbolizado el pájaro nacional de
  Estados Unidos, fue sustituido por el águila, un símbolo solar
  egipcio. Cuenta la tradición que originalmente el ave fénix
  poseía en su cola plumas de color rojo y azul, colores que,

como sabemos, aparecen en la bandera de Estados Unidos, que presentaba también las 13 estrellas que correspondían a los 13 estados de entonces. Esas estrellas, con sus 5 puntas, son un símbolo masón.

- El águila de los dólares tiene 9 plumas en su cola, número que se corresponde con los grados del rito masónico de York, dominante en aquella época en el territorio americano. Sus alas muestran respectivamente 32 y 33 plumas, aludiendo así a los grados del rito escocés.

- Con la pata derecha, el águila sostiene una rama de olivo, símbolo de la espiritualidad, la reflexión y el pensamiento. Con la pata izquierda, sujeta 13 flechas que aluden a la acción y la transmutación.

- El símbolo que surge de combinar ambas patas es una alegoría entre las dos fuerzas que siempre están en conflicto, pero que dependen la una de la otra. Así representarían, entre otras cosas, la luz y la oscuridad; la guerra y la paz; la apertura y la cerrazón; el sentido público y el sentido privado o secreto.

- El águila sostiene en su pico un pergamino en el que está escrita en latín la leyenda *E Pluribus Unum,* en clara alusión a la necesidad de integrar y agrupar a las gentes de las antiguas colonias que ahora eran una sola nación. También puede leerse como lema de la doctrina Illuminati de hacer de todas las naciones una sola.

- En la mitad izquierda del dólar observamos el que ha venido a llamarse símbolo por excelencia de los Illuminati. Se trata de una pirámide truncada en cuya base, y en números romanos, aparece la fecha 1776, que es la fecha de la Declaración de Independencia del país. En lo alto de la pirámide vemos un triángulo con un ojo, el símbolo illuminati que también aparecerá en los blasones masones a partir del momento en que aquéllos pasen a formar parte de sus filas.

- El ojo resplandeciente del triángulo situado encima de la pirámide era para los Illuminati una alegoría de la capacidad de estar a la vez en todas partes, viendo con claridad y sin la posibilidad de cometer errores al observar el entorno, al igual que Dios.

- En la parte superior del ojo, a izquierda y derecha, leemos *Annuit Coeptis,* que puede traducirse como «él favorece nuestro comienzo» o «han favorecido nuestra empresa». En definitiva, se trata de una leyenda que pretende indicar claramente que los objetivos se han cumplido. Ellos, los Illuminati, están en la cúspide.

- Rodeando la base de la pirámide aparece la leyenda *Novus Ordo Seculorum*, que se traduce como «nuevo orden secular», y que en la actualidad los seguidores conspiranoicos traducen como «nuevo orden mundial».

- En el centro del billete, por encima de la palabra «One», es decir, uno, podemos leer «IN GOD WE TRUST» que, traducido a la lengua de Cervantes, quiere decir «en Dios confiamos». Esto puede parecer un contrasentido, dado el carácter no religioso de las órdenes imperantes, pero al tiempo puede interpretarse como una provocación en el sentido de pretender indicar que la divinidad no es patrimonio de una religión en concreto.

- Intencionadamente hemos dejado para el final el comentario respecto a la pirámide truncada. Para empezar, vemos que está formada por 72 piedras. Algunos han visto en ellas los 72 escalones de la Escalera de Jacob, por lo tanto, estaría relacionada con el judaísmo y la tradición cabalística. Por otra parte, la pirámide está inacabada, lo que podríamos interpretar como una llamada de atención al futuro. Es tanto como decir que la construcción del país está en marcha y no tiene límites. Otro de los aspectos de la pirámide es que, al estar truncada, carece de esta gran piedra en la cúspide que se supone tendría la misión de proyectar las energías al tiempo que atrae el poder de las fuerzas cósmicas.

Como vemos, el poder de los conspiradores y las sociedades secretas llegó al continente americano. Precisamente, la tierra del «nuevo orden mundial» tan en boga en los últimos tiempos, nació con la creación del dólar.

## UN FUTURO PROGRAMADO EN EL SIGLO XIX

¿Estamos viviendo en los albores de la Tercera Guerra Mundial? Responder a esta pregunta implica retroceder dos siglos en el tiempo, concretamente a finales del siglo XIX, para darnos cuenta de que lo peor todavía está por llegar. La tercera gran contienda que involucrará a todas las culturas del mundo fue programada, a través de una carta, el 15 de agosto de 1871, por dos miembros de la sociedad secreta de los Illuminati, que hoy se guarda en el Museo Británico de Londres. No es la única de las muchas que supuestamente se cruzaron dos altos mandatarios illuminati, pero sí la que determina las formas de proceder adecuadas para llevar a cabo tres contiendas mundiales que darán como resultado un nuevo tiempo, un nuevo orden, un nuevo mundo.

Albert Pike y Giuseppe Mazzini eran altos miembros de los Illuminati que mantenían una fluida correspondencia, a través de la cual generaban conspiraciones. El primero, autor de la carta, además de ser illuminati pertenecía a la Masonería. El segundo, que también era illuminati, estuvo vinculado con el movimiento revolucionario del Rissorgimento italiano y con la sociedad secreta de los Carbonarios.

Albert Pike (1809-1891), fue general del ejército confederado durante la Guerra Civil norteamericana. Dentro de su pertenencia a la Masonería, en concreto a la seguidora del rito escocés, alcanzó el cargo de Soberano Gran Inspector General en Estados Unidos, desde el año 1859 hasta su fallecimiento. La vinculación de Pike con las sociedades secretas y el esoterismo no acaba aquí, ya que es también autor del libro de filosofía masónica *Morales y Dogmas de la Masonería*. Además, se cree que tuvo vinculaciones con otra sociedad conocida como Los Comuneros, a la que pertenecía Giuseppe Mazzini.

Albert Pike, miembro destacado de los Illuminati y de la Masonería, fue el fundador del Ku Kux Klan.

Mazzini (1805-1872), era un político que, una vez terminada la carrera de derecho, se consagró a la lucha nacionalista que perseguía la unidad de Italia y la eliminación de cualquier dominación extranjera. Encabezó movimientos políticos republicanos contra el absolutismo monárquico de la Restauración. En 1828, Mazzini ingresó en la sociedad secreta de Los Carbonarios, participando con ellos en la frustrada insurrección de 1821, que le llevó a pasar varios años en la cárcel. En 1831 fundó «La Joven

Giuseppe Mazzini, mentor de Giuseppe Garibaldi y fundador de la logia revolucionaria La Joven Italia.

Italia», un movimiento político revolucionario que fue reprimido por la policía piamontesa al año siguiente. Mazzini, que contaba sólo 27 años, es condenado a muerte, por lo que huye de Italia en dirección a Marsella y posteriormente a Londres. En 1834 funda con otros jóvenes nacionalistas exiliados la sociedad secreta denominada «La Joven Europa», que pretendía crear un gran movimiento revolucionario que fuera capaz de unir a toda Europa bajo una confederación republicana.

## LA MUERTE LLAMA TRES VECES

La singularidad de la carta radica en que en su texto Albert Pike efectúa referencias e indicaciones sobre el correcto desarrollo para alcanzar los objetivos de los Illuminati: la generación de tres guerras mundiales, capaces de propiciar un nuevo orden mundial que dará como resultado el fin de la concepción del mundo basada en el pluralismo y la democracia. Veamos como planeaban los Illuminati el estallido de esos tres terribles conflictos.

### 1. PREPARANDO LA PRIMERA GUERRA MUNDIAL

El conflicto real comenzó oficialmente el 28 de julio de 1914. En apariencia, se trataba de un simple enfrentamiento entre el Imperio Austro-húngaro y Serbia, que acabó por ser una contienda en la que participaron 32 naciones. Cabe destacar que entre ellas, Reino Unido, Francia, Italia, EE. UU. y Rusia, conocidas como «Potencias Asociadas», lucharon contra una coalición de los denominados imperios centrales que integraban, entre otros, Alemania, Austro-Hungría, el Imperio Otomano y Bulgaria. La guerra finalizó en 1918. Al margen de la gran cantidad de muertos que implicó la contienda, supuso una «reordenación territorial».

Veamos cuáles eran los objetivos de los Illuminati respecto de esta contienda, en un pasaje de la carta, escrita en 1871, cuarenta y tres años antes de la primera gran contienda mundial, podemos leer:

...La Primera Guerra Mundial se deberá generar para permitir a los Iluminados derrocar el poder de los zares en Rusia y transformar este país en la fortaleza del comunismo ateo.

Las divergencias provocadas por los agentes de los Iluminados entre los imperios británico y alemán, y también la lucha entre el pangermanismo y el paneslavismo, se debe aprovechar para fomentar esta guerra.

Una vez concluida, se deberá edificar el comunismo y utilizarlo para destruir otros gobiernos y debilitar las religiones...

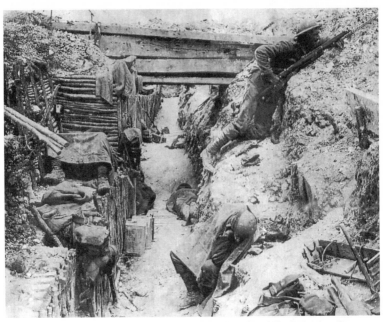

Fotografía de una trinchera en la Primera Guerra Mundial. El conflicto dejó más de ocho millones de muertos y seis millones de inválidos.

El texto era cuanto menos profético. En marzo de 1917 la Revolución Rusa supone la abdicación del zar Nicolás II. El comunismo estaba ya despertando en su cuna. Al margen de ese hecho, la guerra sirvió para disgregar en buena parte el pangermanismo, la doctrina que defendía la unión y supremacía de los pueblos de origen germánico. El fin de la Primera Guerra Mundial supuso que Alemania cediera parte de su territorio a Bélgica, Checoslovaquia, Dinamarca, Francia y Polonia. En cuanto al paneslavismo, que era una tendencia política que aspiraba a la confederación de todos los pueblos de origen eslavo, también fue afectado.

Los eslavos son el grupo étnico más numeroso de Europa. En la actualidad están distribuidos en los Balcanes, Montes Urales, Bielorrusia, Rusia, Ucrania, Polonia, República Checa, Eslovaquia, Serbia, Croacia y Bulgaria. Sólo hace falta recordar la mencionada reordenación geográfica que padeció Europa tras la Primera Guerra Mundial, para darnos cuenta de que la prevista disgregación de los poderes eslavos fue todo un éxito.

## 2. La Segunda Guerra Mundial

Si la descripción de los planes de la primera contienda ya resulta de por sí sorprendente, otro tanto acontece con la llamada Segunda Guerra Mundial, que estalla en 1939. En sus inicios fue un enfrentamiento bélico entre Alemania y una coalición conformada por Francia y el Reino Unido, que acabó por implicar a casi medio mundo.

Lo que en principio era una guerra europea, incorporó también a Estados Unidos y la entonces Unión Soviética, y acabó por llegar a Asia y África. El conflicto no concluiría hasta 1945, dando como resultado que desde aquel momento se creó un primer «nuevo orden mundial» dominado por el bloque de la antigua URSS por un lado, y Estados Unidos por el otro. Ambas potencias, apoyadas por sus países satélites y aliados, pronto entraron en una prolongada «guerra fría».

Volviendo a las cartas «proféticas» de Pike, éste describía la necesidad y objetivos del conflicto sesenta y ocho años antes de que aconteciera.

...La Segunda Guerra Mundial deberá fomentarse aprovechando las discrepancias entre los fascistas y sionistas políticos.

La lucha deberá iniciarse para destruir el nazismo e incrementar el sionismo político, con tal de permitir el establecimiento del Estado soberano de Israel en Palestina.

Durante la Segunda Guerra Mundial se deberá edificar una Internacional Comunista lo suficientemente robusta como para equipararse a todo el conjunto cristiano. En este punto se la deberá contener y mantener, para el día en que se la necesite para el cataclismo social final...

La Segunda Guerra Mundial supuso el fin del nazismo y, por supuesto, la creación del Estado de Israel que fue declarado Estado independiente el 14 de mayo de 1948.

A finales del siglo XIX, el número de judíos en Palestina era casi testimonial: se calcula que en 1845 había 12.000, mientras que en 1914 su número creció hasta los 85.000. Tras la Primera Guerra Mundial, el «mandato de Palestina» aprobado por la ONU (que en aquel momento recibía el nombre de Sociedad de Naciones), encargó al Reino Unido la gestión política de Palestina y la preparación de lo que sería el futuro Estado de Israel.

Los británicos dominaron la zona hasta 1948 y la comunidad judía se multiplicó por diez, especialmente a partir de 1930, a raíz de la persecución a la que fueron sometidos por la Alemania nazi. En 1947 la situación de Reino Unido tras la guerra era tan precaria, que fue necesario renunciar a ciertos privilegios sobre las tierras de Palestina. Como resultado de ello los británicos decidieron buscar asesoramiento en la comunidad internacional y, en sesión especial, obtuvieron la respuesta. Así, el 29 de noviembre de 1947, la Organización de Naciones Unidas adopta un plan de partición que prevé dividir Palestina en un Estado árabe y otro judío, con Jerusalén como zona internacional bajo jurisdicción de la ONU.

Otro de los objetivos marcados en la carta de Pike era edificar un poderoso escenario comunista. La Primera Guerra Mundial supone la caída de los zares, y a partir de la Segunda Guerra Mundial se observa la expansión de la antigua URSS.

Stalin, junto a Roosevelt y Churchill, jefes de gobierno de Estados Unidos y Gran Bretaña, se reúnen en Teherán en 1943 para

Fotografía de los «Tres grandes» en las conferencias de Yalta
(de izquierda a derecha: Winston S. Churchill, Franklin D. Roosevelt y Josef Stalin).

generar la estrategia militar y política de lo que será Europa tras la guerra. Posteriormente habrá otras conferencias como las de Yalta y la de Postdam. Tras estas reuniones, las potencias vencedoras de la contienda establecieron una serie de zonas de ocupación en Europa. La parcela oriental le correspondió a la URSS. De esta forma, la zona oriental de Alemania que, hasta la caída del Muro recibía el nombre de Alemania del Este, pasó a estar bajo la influencia del comunismo soviético. Además quedarían también bajo la influencia soviética otros países como Yugoslavia, Checoslovaquia, Rumania y Bulgaria, así como parte de Polonia y zonas de Prusia oriental. La Internacional Comunista «suficientemente robusta» que pretendían los Illuminati sería un hecho.

### 3. hacia La Tercera Guerra Mundial

La última gran contienda del proyecto Illuminati todavía no ha comenzado. No hay una fecha clara que determine cuándo estamos inmersos en un conflicto bélico a escala planetaria, pero el 11 de septiembre de 1990 George Bush padre habló de la necesidad de crear un nuevo orden mundial. Estas declaraciones se produjeron poco antes de la denominada Primera Guerra del Golfo.

Otra fecha plausible para encauzar la Tercera Guerra Mundial en el calendario es la del 11 de septiembre del 2001, al producirse el atentado contra las Torres Gemelas de Nueva York. De hecho, muchos titulares de prensa esgrimían el concepto Tercera Guerra Mundial a la hora de explicar lo que estaba pasando. Desconocemos si la invasión de Afganistán, los atentados de las Torres o el conflicto de Israel y Palestina forman parte de esta Tercera Guerra Mundial. Lo cierto es que el caldo de cultivo se corresponde bastante con lo que escribió Pike en 1871:

...La Tercera Guerra Mundial se deberá fomentar aprovechando las diferencias promovidas por los agentes de los Iluminados entre el sionismo político y los dirigentes del mundo musulmán. La guerra debe orientarse de forma tal que el Islam y el sionismo político se destruyan mutuamente, mientras que otras naciones se vean obligadas a entrar en la lucha, hasta el punto de agotarse física, mental, espiritual y económicamente...

Si no tuviéramos la perspectiva que nos da el tiempo, podríamos pensar que se trata de elucubraciones de urdidores de conspiraciones mesiánicas o proféticas. Pero cuando el contenido de la lectura nos habla de la I, II y de la Tercera Guerra Mundial, y su narración ha sido redactada en pleno siglo XIX, no podemos menos que asombrarnos. Respecto a los textos que se refieren al tercer conflicto global, merece la pena observar que, tras el atentado del 11-S en

Fotografía del 11-S. Una de las Torres Gemelas momentos antes de hundirse.

Nueva York, y el del 11-M en Madrid, Bin Laden y Al Qaeda parecen representar la parte musulmana de la destrucción a la que alude Pike. El conflicto palestino-israelí sigue sin encontrar solución, y no se vislumbran mejoras en un futuro inmediato. Hay otro aspecto a resaltar. Pike pretende que, como dice en su carta, «otras naciones se vean obligadas a entrar en la lucha, hasta el punto de agotarse, física, mental, espiritual y económicamente». Un año después de la Guerra del Golfo, las voces en contra de aquella operación, no solamente se alzan en Estados Unidos, sino que también lo hacen en los países aliados tradicionales. En paralelo, el terrorismo islamista tiene más fuerza y mayor arraigo.

En el momento de la redacción de este libro, se ha producido el primer gran atentado del terrorismo islámico contra el llamado «sionismo político». Fue en Egipto, pero la zona afectada es frecuentada por israelíes y es fronteriza con el Estado judío, ya que se sitúa en la parte Este de la península del Sinaí.

Resulta sobrecogedor pensar que todo ello bien pudo ser urdido a finales del siglo XIX, por los conspiradores que buscan el caos mundial. Una catástrofe que se deja entrever en la obra *Ángeles y demonios*.

# 6. La inocencia de creernos libres

*Quien en nombre de la libertad renuncia a ser el*
*que tiene que ser, ya se ha matado en vida: es un*
*suicida en pie. Su existencia consistirá en una*
*perpetua fuga de la única realidad que podía ser.*

ORTEGA Y GASSET

Los illuminati desaparecen oficialmente de la historia en el siglo
XVIII, tras la presunta disolución de la Orden. Sin embargo, conforme avanza el tiempo y como por arte de magia, aparecen cual
salpicaduras de un mosaico global, vinculados a sociedades secretas que participan en todo tipo de tramas. ¿Cómo se materializaron? ¿Quiénes fueron sus herederos?

Las evoluciones de los miembros de la sociedad Illuminati generarán numerosas ramificaciones. Algunas de ellas participarán
directamente en el nacimiento de la Liga Comunista y acabarán
vinculándose con la Primera Internacional. Otros, que supuestamente amaban más el lado esotérico de la vida, como Rudolf von
Sebottendorff, se decantarán por seguir actividades espirituales,
llegando a fundar distintas sociedades secretas de carácter esotérico. Una de ellas, creada en la década de los años veinte, fue la
sociedad secreta Thule. En los albores de ésta sociedad, su secretario de actas fue un personaje que tiempo más tarde haría
temblar al mundo: Adolf Hitler.

## EL GRUPO THULE, O EL MILENARISMO RACISTA

En 1918, cuando tras la derrota la sociedad alemana estaba notablemente influenciada por el ocultismo, nace el grupo Thule. Su inspirador fue el ocultista Rudolf von Sebottendorff, un personaje que usó diferentes nombres en función de las actividades que realizaba. Así, bajo el alias de Rosenkrautz (el mismo nombre que tuvo el fundador oficial de los rosacruces) actuó como coordinador de una organización secreta turca denominada Luna Roja. Estudió astrología, simbología, cábala y ocultismo y se cree que fue el responsable de buena parte de la filosofía esotérica que se introdujo en el nazismo.

Cartel de la Sociedad Thule en la que puede observarse la esvástica tras una espada vertical que simboliza la fuerza de la transmutación.

La nueva sociedad secreta, cuyo nombre pretende exaltar el legendario reino de Thule (que para muchos era la Atlántida), era una organización de carácter antisemita a la que pertenecieron, entre otros, Adolf Hitler y su lugarteniente Rudolf Hess. Merece la pena destacar que el escudo de dicha sociedad es una esvástica situada tras una reluciente espada vertical que representa la fuerza de la transmutación y el cambio de los roles establecidos.

Al año de su fundación, uno de los miembros de Thule, Karl Haushofer, crea una orden secreta paralela con el nombre de «Hermanos de la Luz», cuyo objetivo era perpetuar el conocimiento mágico y esotérico. Haushofer había mantenido relaciones con diferentes corrientes místicas y tuvo un papel espiritual muy relevante entre los miembros de Thule y sobre el Partido Nazi. De hecho se cree que fue él quien introdujo la idea de «refundar» una nueva Alemania basada en la pureza de la raza y la antigua tradición oculta precristiana.

## LA LOGIA P2: EL PODER DEL NEOFASCISMO

Saltemos en el tiempo. Ya hemos visto en otro apartado lo que significaron las guerras mundiales, orquestadas o no por las sociedades secretas. Avancemos hasta la llegada de la «paz». Hemos visto ya que Giuseppe Mazzini fue un conspirador illuminati a la vez que masón. Pero su función no acaba participando en una carta junto a Pike. Mazzini fue el fundador de la Logia P1, un grupo oscuro de corte secretista que supuestamente tenía vinculaciones con los movimientos políticos de carácter revolucionario, al tiempo que presuntamente coqueteaba con el esoterismo iniciático. De dicha orden, poco después, surgió otro grupo bastante más peligroso la P2, siglas que definen al grupo «Propaganda Dos», que ha sido acusado de protagonizar numerosos atentados terroristas, de introducirse secretamente en la Santa Sede y, según los conspiranoicos, de preparar y llevar a cabo el asesinato de Juan Pablo I (Ver la segunda parte de esta obra).

Tras la Segunda Guerra Mundial, los movimientos neofascistas quedaron incluidos y solapados en distintos grupos o frentes de «formación nacional» que más tarde intentarían pasar a la «política democrática» pero sin perder sus bases y conceptos fascistas. De hecho las tramas de conspiración política estuvieron a la orden del día en Italia durante toda la década de los cincuenta y finalmente en 1964 y en 1970 hubo dos intentos concretos de desestabilizar el régimen parlamentario, que fueron presentados como desórdenes político-estudiantiles. Pero a partir de 1977 las cosas empiezan a cambiar y las sucesivas oleadas de agitación social dan alas a la creación de grupos más radicales de extrema derecha. De esta forma en 1979 nacen «Terza Posizione» y «Nucli Armati Rivoluzionari». En apariencia se trataba de grupos estudiantiles fascistas, pero la trama iba más allá. Quien regía dichos grupúsculos era el poder en la sombra, y buena parte de esa sombra estaba poblada por sociedades secretas, entre otras la de los illuminati

En los años ochenta, aprovechando el caldo de cultivo creado hasta entonces, la P2 decide pasar a la acción. El 2 de agosto de 1980 se lleva a cabo un atentado en la estación de tren de Bolonia, mueren 85 personas y hay otras 200 heridas. En diciembre de 1984 otro atentado, esta vez contra el expreso de Roma-Milán, arrojará un saldo de 16 muertos. Las investigaciones concluyeron que tras aquellos atentados podían estar no sólo los servicios secretos, sino también una logia de supuesto carácter masónico a la vez que conspirativo. Su nombre era «Propanganda Due» (P2), su fundador Licio Gelli, y su misión acabar con el poder establecido en la República de Italia.

La P2 había estado dirigiendo, desde principios de los sesenta todo tipo de acciones terroristas con el mismo fin, crear la desestabilización política para conseguir su particular «Nuevo Orden», no mundial sino estatal. La siniestra logia no era obra de un improvisador. Licio Gelli tenía influyentes contactos con el Vaticano, que le permitían dar curso a sus planes utilizando para ello la estructura de la Iglesia. Disponía de notables relaciones, no sólo entre las jerarquías eclesiásticas, sino también en grupos de espionaje. De hecho, se afirma que era un agente doble de la CIA y la KGB.

Gelli había sabido convencer y cautivar a más de un ámbito de poder. Las investigaciones que se hicieron tras la desarticulación

Licio Gelli, fundador de la logia masónica P2, cuyo fin era la creación de un nuevo orden político en Italia.

de la P2 sobre sus integrantes, comprobaron que, además de miembros del Vaticano, había jefes de las fuerzas armadas de Italia, entre ellos treinta generales y ocho almirantes. Por si esto no fuera bastante, pertenecía también a la logia el jefe de los servicios secretos, así como una serie de empresarios notablemente vinculados con los medios de comunicación.

La logia conspiradora de Gelli fue disuelta por el parlamento italiano. Tras la «desarticulación oficial» de la P2, su fundador fue acusado de varios delitos de los que salió airoso, incluso a finales de los 90 fue definitivamente absuelto de los cargos de conspiraciones contra el estado italiano. ¿Era realmente inocente o sus influencias eran tan poderosas como para salir indemne de las acusaciones vertidas sobre él? Quizá, algún día, la historia nos revele la verdad.

## El extraño caso del Banco Ambrosiano

Una de las noticias que más expectación causaron en la década de los ochenta fue el escándalo que terminó por salpicar a la Iglesia y que tuvo relación con la fraudulenta bancarrota del Banco Ambrosiano de Milán.

Todo parece indicar que «desaparecieron» en torno a 1.200 millones de dólares de dichas entidad. Se encargaron de urdir la trama el presidente del banco, Roberto Calvi, presuntamente vinculado a la Masonería y a los movimientos illuminati, y el entonces arzobispo Paul Marcinkus, que era el presidente del Banco de la Santa Sede, más conocido como IOR (Instituto para las Obras de Religión).

De aquel hecho hay un punto que los investigadores de las conspiraciones resaltan como prueba de que el odio entre la sociedad secreta y la Iglesia sigue vigente en la actualidad: Marcinkus fue apoyado por la Iglesia y por el Papado, con lo que se salvó de la trama ambrosiana. En cambio Gelli, que se ocupó de efectuar una serie de asesorías y maniobras que favorecieran la bancarrota del banco fue condenado a doce años de cárcel.

## EL NUEVO ORDEN MUNDIAL

Hagamos un nuevo salto en el tiempo, para referirnos al tan traído y llevado «nuevo orden mundial». Si bien se le otorga la paternidad de dicha expresión a George Bush padre, en realidad no le corresponde a él. Recordemos que ya aparece algo muy similar en el dólar de presunto diseño masónico-illuminati. Pero si buscamos referentes más contemporáneos, vemos que en 1968 Nelson Rockefeller, tras introducirse en el ala liberal del Partido Republicano y presentarse como candidato en las elecciones de ese año, dijo que si alcanzaba la presidencia trabajaría con todas sus fuerzas para «obtener la creación de un nuevo orden mundial». Nelson Rockefeller fue masón. Los buscadores de tramas ocultas en la historia afirman que supo rodearse de asesores que estuvieron vinculados a los Illuminati y de hecho, la Orden Gran Logia Rockefeller al igual que la Orden de las Calaveras y los Huesos (Skulls and Bones), con ciertas vinculaciones con la familia Bush, son una muestra de ello.

En relación con el conflicto entre los Illuminati y la Iglesia que aparece en la obra *Ángeles y demonios,* consideramos interesante resaltar que en agosto de 1969, al volver de un viaje por América Latina, Rockefeller envió un informe al presidente Nixon en el que le dice: «la Iglesia Católica ha dejado de ser un aliado de confianza para nosotros

George Bush (padre), miembro de una de las familias con más influencia política en Estados Unidos y vinculada a la orden Skulls and Bones.

y la garantía de estabilidad social en el Continente Sudamericano... Debemos estudiar la necesidad de sustituir a los católicos por otros cristianos en América Latina, apoyando grupos fundamentalistas...»

## LA TAPADERA EMPRESARIAL

Siguiendo con la búsqueda de esa nueva era formada por el gobierno mundial, aparecen un gran número de instituciones compuestas no sólo por las principales fortunas del mundo, sino también por personas dotadas de grandes capacidades de mando. En la actualidad la visión que se tiene de estos grupos es que son asociaciones empresariales, financieras, o que tienen misiones de asesorías en las relaciones exteriores de numerosos países. Sin embargo, la cosa parece ir más allá, y si bien no es posible afirmar que dichas instituciones estén gobernando el mundo, todo apunta a que son utilizadas como tapaderas por algunos de sus miembros que sí son los que manejan los hilos.

Veamos seguidamente algunas de las instituciones más relevantes:

### EL CLUB DE BILDERBERG

Está considerado como el club de los amos del mundo. Sus actos aparentemente no son muy conocidos ya que no suelen difundirse al público. Está formado por jefes de gobierno, banqueros, presidentes de multinacionales, dueños de medios de comunicación, etc, y su costumbre suele ser la de encerrarse unos días antes de que lo haga el G8, es decir, el nombre que determina el grupo de los países más ricos e industrializados del mundo (Alemania, Canadá, EE. UU., Francia, Italia, Japón y Reino Unido, más Rusia desde 1997). Son muchos los que piensan que el Club Bilderberg es la rama secreta del G8, aunque en apariencia simplemente sea la de un club más, eso sí, formado por exquisitos miembros.

El Club de Bilderberg se fundó oficialmente en mayo de 1954 en Holanda, concretamente en Oosterbeek, y tomó su nombre del hotel en que se reunieron por primera vez. No obstante se supone que ya existía en la sombra desde años atrás y estaba formado por miembros de distintas sociedades secretas. Su creador fue el príncipe Bernhard Zu Lippe-Biesterfeld que pertenecía a la Casa de Orange-Nassau, actual familia real de Holanda. El nombre de

Bernhard Zu Lippe-Biestfeld, fundador del Club de Bilderberg.

este señor había aparecido ya en la prensa, no con motivo de la fundación de un club, sino por haber sido oficial de las SS de Hitler y miembro del Partido Nazi.

Bernhard Zu Lippe-Biesterfeld que ya poseía extraños negocios especulativos en la época de los nazis, decidió crear un club de elite que aglutinara a los principales poderes del mundo. Entendía que en la nueva época el poder ya no estará exclusivamente en la religión ni tampoco en la política, sino en ambas, pero también en

Sir Alec Douglas Home (portada de la revista *Time*, octubre de 1963), sucesor de Bernhard Zu Lippe al frente del Club de Bilderberg.

el mundo industrial, económico y de la empresa. Presidió el singular club hasta el año 1976 y durante todo este tiempo, según él, se busca aumentar el entendimiento entre Estados Unidos y el continente europeo. El fundador del Club legó posteriormente la presidencia a Alec Douglas Home.

Home (1903-1995) fue un relevante político británico que permaneció en la Cámara de los Comunes hasta 1945. En 1951 fue ministro de Estado para Escocia, y en 1955 pasó a coordinar las relaciones con la Commonwealth. Por último ascendió al cargo de primer ministro el 19 de octubre de 1963, permaneciendo al frente del gobierno durante un año. Otro punto interesante en la biografía de este personaje es que entre los años 1970 y 1974 fue secretario del Foreign Office, que como sabemos es la institución encargada de controlar la política exterior del Reino Unido.

Tras Douglas Home, presidió el Club un político alemán que había servido en las Fuerzas Aéreas (Luftwaffe), en la Segunda Guerra Mundial. Se trata de Walter Scheel, quien en 1953 fue elegido miembro de la Cámara de los Diputados alemana, más conocida como Bundestag. Entre los años 1961 y 1966 fue ministro para la Cooperación Económica y el 1 de julio de 1974 llegó a presidente Federal, manteniendo dicho cargo hasta 1979. Scheel mantuvo la jefatura del Club Bilderberg hasta 1985, fecha en la que fue sustituido por Eric Roll, presidente de un notable grupo bancario, el S. E. Warburg. Otro de los presidentes destacables fue Peter Rupert que popularmente era conocido como Lord Carrington que fue secretario general de la OTAN así como ex ministro de varios gobiernos británicos. Como vemos, el club no tiene sino influyentes y poderosos miembros. Pero ¿es realmente un centro de conspiración?

Walter Scheel, presidente del Club de Bilderberg después de Sir Alec Douglas Home.

Una curiosa frase resume lo que acontece en el Club Bilderberg: «quien entra en él, al poco tiempo logra ascender». La suya será una ascensión política y social a nivel internacional, siempre que la persona en cuestión acate los «sabios consejos» que recibirá de los miembros dominantes de dicho club. Una muestra de este éxito lo tenemos en Clinton y en Blair, que ingresaron en el club poco antes de ser escogidos presidente y primer ministro de sus respectivos países.

Como toda sociedad secreta que se precie, el Club no emite anuncios para captar socios. Entrar en la institución no es fácil, son «ellos», al igual que hacían los Illuminati, los que escogen a los candidatos. Se supone que el proceso de selección se basa en los intereses particulares que tiene el club en sus proyectos a escala global. Un comité de dirigentes supervisores es el encargado de seleccionar a las cien personas que serán invitadas en la próxima convocatoria. Por supuesto, los invitados tendrán que guardar en secreto su asistencia. Ésta es una norma indispensable para mantener buenas relaciones con el club, que además en sus «cónclaves» cuenta con la colaboración en seguridad no sólo de la CIA, sino también del servicio secreto israelí, el Mossad.

¿A qué se debe tanto secretismo? Nadie sabe cuándo se reúnen, no se efectúan ruedas de prensa, ni se vierten comunicados oficiales. Los encuentros de los miembros del club sirven para abordar aspectos políticos y, lógicamente, de carácter financiero. Digamos que el nuevo orden mundial está latente en dichas reuniones. Sería de suponer que con la cantidad de personajes de la escena mundial que se congregan en las reuniones del Bilderberg, sería bastante normal la presencia de la prensa, pero el mutismo y el secretismo son casi absolutos.

Los pocos miembros del Club que han dejado entrever la mecánica de sus cónclaves, han afirmado que «una vez allí, son despojados de sus fueros», que es tanto como decir que acuden en calidad de personas particulares, al margen de sus cargos o posiciones fuera del recinto de reunión. ¿Hasta qué punto los jefes de estado, magnates de los negocios, directores de los medios de comunicación y grandes banqueros del mundo, siguen siendo neutrales al llegar a sus países? Todo parece indicar que vuelven a casa con una posición tomada, y las instrucciones siempre suelen ser bastante claras. En caso de duda, sólo hay que llamar al Club.

A través de diferentes medios de comunicación se ha tenido constancia de algunos de los «sabios consejos» que se han vertido en el Club. Por ejemplo se le acusó de estar tras el bombardeo ruso sobre Chechenia. Al parecer los responsables de la OTAN que eran miembros del club, autorizaron en reunión secreta a otro miembro, el presidente ruso Putin, a atacar la región rebelde. Otro rumor asegura que el Club se encargó de sesgar la carrera de Margaret Thatcher, por su radical oposición al euro.

Margaret Thatcher en una reunión de la OTAN en Bruselas el 29 de noviembre de 1977. Los rumores afirman que la carrera política de la *premier* británica fue truncada por decisión del Club de Bilderberg.

Claro que no siempre los consejos del club son acatados. En 2003 se filtró la noticia de que Donald Rumsfeld, secretario de Defensa de Estados Unidos y unos de los clásicos asistentes a las reuniones del Club, había asegurado tras los atentados del 11-S a las Torres Gemelas, que no invadiría Irak. Sin embargo, y como resulta evidente, sí lo hizo. El resultado causó tal malestar en Club Bilderberg, que Colin Powell tuvo que dar explicaciones a sus miembros respecto a las operaciones militares de la guerra de Irak.

## Algunos miembros relevantes del Club

Aunque la pertenencia al Club Bilderberg es secreta, cada tanto se filtran nombres de los «presuntos» miembros:

- *Alan Greenspan*, gobernador del Banco de la Reserva Federal de Estados Unidos, que estuvo estrechamente relacionado con Nixon y Reagan.

- *Henry Kissinger*, a quien se ha acusado en numerosas ocasiones de ser el responsable de apoyar el golpe de estado de Pinochet en Chile.

- *David Rockefeller*, fundador de la influyente Comisión Trilateral.

- *Tony Blair*, primer ministro británico, propulsor de una «tercera vía» para afrontar los problemas del siglo XXI.

- *Bill Clinton*, ex presidente que intentó dar un giro más liberal y solidario a la política de Estados Unidos.

- *Valery Giscard d'Estaing*, el ex presidente de Francia que impulsó las relaciones con el Tercer Mundo y la integración europea.

Se dice que también están ligados al Club influyentes periodistas, entre ellos los directores de los principales diarios americanos como *The Washintong Post*, *Wall Street Journal*, o *Financial Times*, así como el francés *Le Figaro* y otros exponentes de la prensa europea.

## LA TRILATERAL, ¿DISCRETA PERO NO SECRETA?

Si el Club Bilderberg nos parece cuanto menos sospechoso de regir los destinos del mundo, otro tanto sucede con la organización fundada por uno de sus miembros y que popularmente recibe el nombre de Comisión Trilateral. En julio de 1973 la comunidad económica mundial recibe una noticia singular: un miembro de la ya mítica familia financiera Rockefeller decide fundar un grupo, la Trilateral, que estará formado por la elite de la política y la economía mundial.

David Rockefeller tenía un objetivo muy claro para la organización: que fuera selecta y contar sólo con los mejores. Y establecer con ellos un organismo privado que aunara los esfuerzos de Estados Unidos, Europa y Japón en lo que a materia social y política se refiere. De algún modo, poder regir los destinos del mundo más allá de las fronteras y los gobiernos. Curiosamente esta decisión nos recuerda bastante a la que pretendía el fundador de los illuminati: él quería un gobierno mundial más allá de los estados. En los setenta como en la actualidad no es la política la que maneja los hilos, sino las finanzas.

David Rockefeller, fundador de la Comisión Trilateral.

La Comisión Trilateral era una forma de romper el poder establecido de siempre, de anular la autonomía de los países y de crear un gran bloque del primer mundo capaz de regir los destinos del segundo y el tercero.

En la Trilateral, no entraban América Central y del Sur, tampoco África ni los países asiáticos. Sólo Japón estaba llamado a ser el representante de Oriente. En su fundación inicial se explicita:

Esta comisión se crea con el fin de analizar los principales temas a los que debe hacer frente Estados Unidos, Europa del Oeste —todavía no se había producido la caída del Muro de Berlín y la Perestroika quedaba lejos— y Japón. Los miembros de la Comisión reúnen más de 200 distinguidos ciudadanos provenientes de las tres regiones y comprometidos en diferentes áreas.

Muy parecido en su funcionamiento al Club Bilderberg, la Comisión Trilateral, dotada de una discreción absoluta, no ofrece ruedas de prensa ni sus miembros conceden entrevistas sobre sus reuniones. Sin embargo sí suelen publicarse, es de suponer que bajo oportunas censuras, unos documentos oficiales sobre distintos temas abordados. Dichos informes son elaborados por equipos de expertos que informan al mundo sobre «aquello que hay que hacer más allá de las soberanías nacionales y las fronteras». De hecho uno de los fines de la Comisión Trilateral es «manejar adecuadamente la gobernabilidad mundial».

Cabe resaltar también que una de las ideas que desde sus inicios pretende poner en práctica la Trilateral, es la consecución de un nuevo orden mundial. Frase o eslogan a la que hemos tenido que recurrir en más de una ocasión a lo largo de las páginas de este libro y que recuerda mucho a los objetivos de las sociedades secretas.

Para conseguir este nuevo orden los miembros de la Trilateral no dudan en efectuar declaraciones y dar «consejos» a los gobiernos, pero también a las instituciones mundiales, asesorando al respecto de la globalización, la liberación de la economía, los intercambios financieros entre países ricos y pobres, etc. Los miembros de la Trilateral defienden que ellos están más allá de los poderes establecidos, más allá de las naciones y que son quienes están «en mejores condiciones para planificar y construir la arquitectura mundial».

De arriba abajo y
de izquierda a
derecha:
Collin Powell,
George W. Bush,
Richard Cheney y
Donald Rumsfeld.

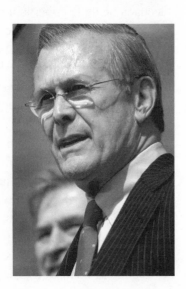

Tras los atentados del 11-S la Trilateral insistió en la necesidad de un orden internacional distinto y una respuesta global al proyecto. Poco después el presidente Bush proclamaba que se erigía en paladín universal de la democracia y que atacaría al terrorismo en cualquier lugar del mundo. Estados Unidos declaró en aquel momento la guerra al terrorismo, y la «limpieza» comenzó por Afganistán. La excusa fue atrapar a Bin Laden, que todavía sigue sin aparecer. Eso sí, la búsqueda permitió que Estados Unidos crease un gobierno afgano a su entero criterio.

En aquella reunión de la Trilateral estuvieron presentes, entre otros, Colin Powell, secretario de Estado; Donald Rumsfeld, secretario de Defensa; y Richard Cheney, vicepresidente. Tiempo después, mientras se mantenía la presencia americana en Afganistán, le tocó el turno a Irak y los tres citados afirmaron tener pruebas de que el gobierno de Sadam Hussein poseía armas de destrucción masiva. La guerra de Irak vendría a continuación. El nuevo orden mundial y la «justicia» global era un hecho imparable. ¿Qué vendrá ahora, cuando la reelección de Bush le permitirá continuar y expandir esa política?

A diferencia de otras organizaciones la Trilateral es más discreta que secreta. En apariencia el esoterismo y las teorías de la conspiración mundial son ajenos a ella. Es una institución conocida por todo el mundo, algo así como un «consejo de sabios experimentados». Sin embargo son muchos los que ven en la Trilateral la cara visible y «amable» de otros que están detrás, como el Club Bilderberg o incluso esferas relacionadas con sociedades secretas clásicas como illuminati, Masonería y otras.

## UNA PELIGROSA MUNDIALIZACIÓN

Vivimos en un mundo globalizado, todo está al alcance de todos. Es cierto que sigue habiendo fronteras y estados, pero ¿pueden ser un espejismo? De hecho si analizamos con frialdad los principales «clubs» del mundo vemos que más allá de los estados, sus fronteras y banderas, parece haber un destino marcado por sus dirigentes, ésos que se reúnen en agrupaciones aparentemente inocentes y que miran las cosas desde una perspectiva supranacional.

Los tentáculos de las sociedades secretas, de los verdaderos amos del mundo, están por todas partes. Con la popularización de internet y el acceso a la TV vía satélite, hemos conseguido empequeñecer nuestro planeta. Es cierto que cada vez tenemos más recursos a nuestro alcance. También es verdad que gozamos de una capacidad de información muchísimo mayor que la que tuvieron nuestros padres o abuelos. Sin embargo, dichas ventajas no son unidireccionales. Dicho de otra manera, creernos más libres sólo por tener acceso a la información es estar equivocados.

## Profecías para el presente

La búsqueda del nuevo orden mundial no es nueva, sino que aparece en distintas fechas anunciada por mandatarios de todas las tendencias:

«El nacional socialismo usará su propia revolución para el establecimiento de un nuevo orden mundial.»
*Adolf Hitler*

«Cuando llegue la paz será el momento para que en el mundo haya un nuevo orden mundial.»
*Eduardo VIII*

«Trabajaré para la creación de un nuevo orden mundial.» *Nelson Rockefeller*

«Las relaciones de EE. UU. con otros pueblos estarán guiadas por nuestro deseo de forjar un nuevo orden mundial.»
*Jimmy Carter*

«Una nueva asociación de naciones ha comenzado... Cuando triunfemos, y lo haremos, tendremos una verdadera oportunidad en este nuevo orden mundial.»
*George Bush*

Todo actúa en dos direcciones. Las sociedades secretas, pero también los servicios de información y los propios gobiernos, se valen de una sociedad tecnológica para controlarnos. Podemos ser espiados por medio de algo tan inocente como el número de una cuenta bancaria o una tarjeta de crédito; a través de los servidores de internet y de todos los subprogramas que los diferentes distribuidores de contenidos introducen en nuestros ordenadores. «Ellos», los que manejan los hilos que están en la sombra, tienen la capacidad de saber a qué hora nos conectamos a la red; qué tipo de navegación hacemos; qué periódico virtual y de qué tendencia hemos leído. Pueden descubrir nuestros gustos musicales, políticos, sociales y hasta sexuales.

Hoy, cuatro clics de nuestro inocente ratón dicen más de nosotros que toda nuestra vida. Si el seguimiento por internet es implacable, no digamos ya otras metodologías. ¿A dónde van realmente los datos de la inscripción a la Seguridad Social, a los registros de Hacienda, o a la oficina de empadronamiento de un municipio? ¿Cuántas cosas puede llegar a contar la tarjeta de crédito que utilizamos a diario? ¿Cuántas veces nuestro teléfono móvil puede ser detectado vía satélite con un margen de error de poco más de un metro?

En la actualidad es fácil adquirir en tiendas especializadas micrófonos ultrasensibles con los que escuchar las conversaciones de nuestros vecinos. Si esto es lo que cualquier persona con un poco de dinero puede conseguir, no podemos menos que preguntarnos qué se puede llegar a alcanzar con la tecnología y los presupuestos al alcance de un estado, o de grupos financieros internacionales.

Pensar que somos libres y que vivimos en un mundo libre en una sociedad como la nuestra, es una paradoja. Tiene más libertad de movimientos que nosotros cualquier habitante del mal llamado Tercer Mundo. Sus conversaciones no son tan fáciles de capturar. Lo que hace en el interior de su casa difícilmente será recogido por un detector de emanaciones caloríficas situado en el inocente edificio de oficinas que en su azotea dispone de una bonita chimenea, que en realidad es una antena de captación. Las ciudades del Primer Mundo están llenas de estos artilugios.

Visto el panorama, y sin pretender ser alarmistas, de una cosa podemos estar seguros: el «Gran Hermano» de Orwell no es sólo un programa de televisión, sino la realidad en la que estamos viviendo.

### LUCIFER, ¿EL NUEVO REDENTOR?

El proyecto illuminati, como hemos señalado, era conquistar el mundo después de tres grandes contiendas. Dos ya han acaecido. El inicio de la tercera sería provocar «batallas cruentas». ¿Quizá se trata de los atentados del terrorismo? Tras la tercera contienda, siempre según los proyectos illuminati, debería producirse la destrucción del Cristianismo, que es el objetivo de la trama del libro *Ángeles y demonios*. Tras dicha época de convulsión llegaría el momento de la redención, del nuevo tiempo, de la «Iluminación de las mentes». Sería el tiempo de Lucifer, quien para los Illuminati no es en absoluto una figura diabólica, como la define la Iglesia, sino un símbolo de la elevación. Lucifer es el auténtico portador de «La Luz».

El complot, pese a la densidad de sucesos que hemos visto hasta el momento, no ha hecho más que empezar. Como iremos viendo en sucesivos capítulos, las sociedades secretas han tejido los delicados hilos capaces de conducir a la humanidad durante los próximos siglos. En la documentación perteneciente a los illuminati encontramos párrafos reveladores:

...Arrojaremos a los nihilistas y ateístas y provocaremos un cataclismo social que en todo su horror mostrará claramente a todas las naciones el efecto del ateismo absoluto, origen del salvajismo más sangriento. Entonces, por doquier, la gente forzada a defenderse contra la minoría de revolucionarios, exterminará a estos destructores de la civilización.

Las multitudes desilusionadas con el cristianismo, sin dirección ni liderazgo y ansiosos por un ideal, pero sin saber a dónde dirigir su adoración, recibirán la verdadera luz a través de la manifestación universal de la pura doctrina de Lucifer traída finalmente a la vista de todos, manifestación que seguirá con la destrucción del cristianismo y del ateismo, ambos conquistados y destruidos al mismo tiempo...

George Orwell anunciaba en su novela *1984* una sociedad globalizada en la que se ejercía un estrecho control sobre cada individuo que prefiguraba los métodos de vigilancia en las sociedades occidentales.

El abrigo de Dios, el consuelo de lo Divino, parece tener poco sentido ante el poder de las sociedades secretas. Los grupos de conspiración mundial están y actúan en todas partes. Poseen sus pequeños templos, sus rituales y sus reuniones litúrgicas. Están creciendo al amparo de la incredulidad. Nadie repara en ellas, nadie se preocupa por cosas tan sorprendentes como las que se dicen de los grupos de conspiración. Todo parece indicar que el esoterismo les resta verosimilitud y son vistos como grupúsculos formados por personajes excéntricos. Sin embargo, todo parece indicar que estamos bajo el mandato de un poderoso e invisible gobierno mundial que persigue, continúa y sustenta la idea de un ex jesuita alemán llamado Adam Weishaupt, fundador de los Illuminati. «Las capillas del demonio», arquetipo que nos serviría para definir los objetivos illuminati, están prácticamente en todas partes, y hay quien ha afirmado que también han influenciado a la Iglesia. Es más, algunos investigadores opinan que los Illuminati ya están en las filas de la curia vaticana.

## En manos del Gran Hermano

Las cosas todavía pueden ir más lejos. Teóricamente, la Comisión Trilateral está formada por un grupo de personas que representan las más altas finanzas y el mundo de los negocios y la política de Estados Unidos, Europa y Japón. Hasta aquí no ocurre nada, pero lo que no todo el mundo sabe es que desde la Trilateral se establecen nexos de unión y colaboración con la Masonería. Lo que tampoco se reconoce oficialmente es que detrás de la Masonería estén los Illuminati.

Los investigadores del mundo de la conspiración afirman que el llamado nuevo orden mundial es en realidad la puesta en práctica de uno de los símbolos por excelencia de los Illuminati: la pirámide que aparece en los billetes de un dólar. Baste por el momento un apunte: el presidente Washington era masón y también lo era su rival, Thomas Jefferson.

Los conspiranoicos afirman que los miembros del club Bilderberger, fundado en 1954 e integrado por los 500 hombres más influyentes del mundo, estarían en la base de esta pirámide. Por encima de ellos encontraríamos el llamado «Consejo de los 33», formado por los grandes maestres masones de más alta graduación de todo el mundo. Sobre estos masones hallaríamos el gran consejo de los 13 Grandes Druidas. Sobre ellos actuaría un estamento denominado «El Tribunal», compuesto por personas desconocidas. Lo más significativo nos llega en la cúspide de la pirámide. Todos los consejos, grupos y estamentos referidos hasta el momento, estarían gobernados por alguien sin nombre que poseería el grado 72 de los cabalistas. Este alguien recibiría el nombre de «El Illuminati», el omnipotente gran hermano elucubrado por Weishaupt y anunciado nuevamente en 1949 por George Orwell en su novela profética *1984*.

El 1 de agosto de 1972 uno de los mandatarios de esta pirámide lanzó una frase críptica, que muchos han querido ver relacionada con la caída de las Torres Gemelas: «Cuando veáis apagarse las luces de Nueva York, sabréis que nuestro objetivo se ha conseguido». ¿Fueron las Torres del World Trade Center los faros o antorchas que marcan el cambio del mundo?

MÁS ALLÁ
DE ÁNGELES
Y DEMONIOS

SEGUNDA
PARTE

LA DESTRUCCIÓN
DE LA IGLESIA

# 7. Las tramas secretas dentro de la Iglesia

La Iglesia Católica siempre se ha negado a comentar oficialmente las historias sobre sectas o sociedades secretas. Pese a que, como hemos visto en el apartado anterior, el propósito de muchas de ellas ha sido y es derribar el poder del Papado. Sin embargo, al amparo del Vaticano han surgido una serie de «órdenes» muy semejantes a las sociedades secretas, en cuanto a secretismo, organización y jerarquía. Éstas, habitualmente se han sometido al poder eclesiástico y han desempeñado un papel de gran importancia en el funcionamiento de la Iglesia Católica.

Para entender esta aparente contradicción, no se debe olvidar que la propia Iglesia surgió como una sociedad secreta y perseguida, y que en su historia posterior ha sido bastante reacia a ventilar sus asuntos internos. Sus orígenes, milagros, tramas secretas y conspiraciones, son tan abundantes como los libros, artículos y filmes que ha inspirado. No es de extrañar pues que una ficción como la de *Ángeles y demonios* use esas complicadas y ocultas redes vaticanas como fuente de inspiración para su trama literaria.

El tratamiento que se hace del Vaticano y de Roma en la novela presenta conceptos extraños, rituales singulares, personaje pintorescos y emplazamientos de película. Consideramos oportuno conocer qué hay tras la ficción que nos presenta *Ángeles y demonios*: ¿Qué papel desempeña el Instituto para las Obras de Religión?, ¿cómo se desarrolla un cónclave?, ¿hay un gobierno en la sombra detrás de los cargos oficiales?,

¿quiénes manejan los fondos del Vaticano?, ¿es real el poder que se atribuye al Papa?

Ahora que sabemos ya buena parte de lo que se esconde detrás de las sociedades secretas y estamos enterados de algunas de sus conspiraciones, es el momento de conocer de cerca, no sólo la Institución que se ve afectada en la novela, sino también el escenario donde se desarrolla.

## UN PODER UNIVERSAL E INAMOVIBLE

La Iglesia Católica Apostólica Romana es el órgano de poder más imperecedero que ha existido en toda la historia. Lleva dos milenios protagonizando, dirigiendo o influyendo en los hechos fundamentales del devenir de Occidente y buena parte del resto del mundo. Desde su nacimiento se ha extendido como una mancha de aceite por Europa, África, América, el lejano Oriente y las islas de Oceanía. Ha visto cómo caían las monarquías absolutas, ha sido testigo del advenimiento de la democracia, del capitalismo, del comunismo y de la llegada de la globalización en el siglo XXI de su reinado.

Ninguna otra institución de poder, ya sea espiritual o terrenal, ha perdurado tanto en el tiempo como la Iglesia Católica, y parte de su secreto ha consistido en no quebrar nunca su estructura jerárquica. Para afrontar nuevas circunstancias sin lesionar esa jerarquía inamovible, ha empleado otras estructuras paralelas que, siempre a su amparo, han desarrollado funciones específicas. Muchas de ellas, como el caso de la Orden del Temple, han sido denostadas cuando ya no eran útiles o cuando amenazaban en convertirse en un peligro para la hegemonía papal. Otras, como la Compañía de Jesús, han servido para introducir ciertas reformas sin alterar, al menos en apariencia, los principios doctrinales. Estas «ramas paralelas» también han servido en otros casos

El Vaticano ha sido cuna de una serie de «órdenes» semejantes a las sociedades secretas en cuanto a funcionamiento, organización, secretismo y jerarquía.

para aunar las voces disonantes y permitir un diálogo integrador que reestableciera la unidad.

La diferencia principal entre las sectas o sociedades secretas de origen externo y las órdenes religiosas, es que éstas han nacido en el seno de la Iglesia. Su posterior desarrollo tal vez las haya separado de la doctrina canónica, pero rara vez pudieron cortar totalmente ese cordón umbilical. Por tanto, su relación con la Santa Sede es muy diferente al caso de las sociedades secretas. Aunque éstas en muchas ocasiones puedan haberse infiltrado en las estructuras de la Iglesia, no nacieron dentro de ella, o al menos no de forma oficial.

Para exponer con más claridad el tema hemos escogido tres sociedades u órdenes eclesiásticas que son sumamente representativas: la Orden del Temple, la Compañía de Jesús y el Opus Dei. Son tres ejemplos bastante disímiles, que nos permitirán apreciar la variedad de redes secundarias utilizadas por la Iglesia para mantener su poder.

### LOS TEMPLARIOS: GUARDIANES DE LA HERENCIA DE CRISTO

Los orígenes de la Orden del Temple o de los caballeros templarios, se pierden en la noche de los tiempos. Son muchas las teorías que les atribuyen una misión milenaria, enraizada en los legados que habrían heredado antes de constituirse en el seno de la Iglesia Católica. En este sentido, encontramos hipótesis que creen que eran los supervivientes de la Atlántida, o que proceden de los antiguos druidas celtas. También se les supone un origen ligado a cultos esotéricos cristianos, o mejor cristológicos, o a algunas sociedades secretas islámicas, con las que tuvieron contacto durante las Cruzadas.

Es muy probable que el Temple se creara bajo la influencia de san Roberto de Molesmes, un monje benedictino que en 1098 había fundado la orden monástica del Cister. Esta congregación seguía un estricto voto de pobreza, incluso en los implementos del culto y prohibía absolutamente cualquier estudio o lectura profanos. Sus estrictas reglas fueron asentadas por san Esteban Harding, en su «Carta de Caridad» y también por el tratado *De laude novoe militae* de san Bernardo de Claraval. Este monje del Cister, noble de nacimiento, explicaba en su obra el ideal de las órdenes de caballería cristiana, a las que llamaba la Milicia de Dios. El concepto era típico de la época y unía el papel de monje con el de caballero, creando un personaje dual que se dedicaba a la oración en tiempos de paz y a la guerra cuando era necesario defender (o imponer) su fe. El Temple y otras órdenes de caballería llegaron a alcanzar un gran poder, ya que se movían tanto en el terreno religioso como en el político y militar, los tres campos estratégicos que dominaban el mundo medieval.

La creación oficial de la Orden del Temple tuvo lugar en 1119 en Tierra Santa, tras la primera Cruzada. Las fuerzas cris-

San Roberto, san Alberico y san Esteban Harding, tres fundadores de la orden del Císter.

tianas habían recuperado Jerusalén y su templo, pero su posición era precaria y los alrededores estaban prácticamente en manos musulmanas. Esto, aparte de ser una amenaza latente para la ciudad conquistada, era un peligro real en los caminos que llevaban ella. Por ello, Hugo de Payns, original de Champagne, y otros ocho caballeros franceses, decidieron formar un grupo para proteger a los peregrinos y custodiar los santos lugares. El papa Balduino II de Jerusalén les asignó como cuartelillo un edificio contiguo al templo. Como vivían de forma austera y gracias a las limosnas, eran conocidos como los «pauvres chevaliers du temple», de donde derivaría el nombre de la Orden del Temple.

Hugo de Payns había tomado una iniciativa, pero sabía que si el Papa no daba el visto bueno, podían acabar formando parte de una secta minoritaria. También tenía claro que aquel movimiento no podía quedar en los nueve voluntarios, y por tanto aspiraba a convertirlo en una orden de caballería. Para ello era imprescindible que fuera a Roma y solicitara la aprobación del Papa. Así lo hizo dentro del marco del Concilio de Troyes (1128). Se acordó que los templarios adoptarían la norma de la orden benedictina, además de tres votos perpetuos y de unas reglas de vida especialmente austeras.

Aparición de la Virgen a san Bernardo de Claraval (óleo de Fra Filippo Lippi).

Pese a la severidad de esas reglas fueron muchos

los voluntarios que acudieron. Existen varias teorías sobre este punto. Algunos piensan que se debió al extendido rumor que los templarios poseían el secreto de ciertos poderes mágicos. Otros creen que simplemente era el mejor camino para un caballero en tiempos de paz: estar cerca de la acción. El alud de nuevos integrantes obligó a la Orden a establecer una jerarquía, que curiosamente era muy semejante a la secta islámica de los Asesinos (*véase* el anexo 1, pág. 191). La hermandad tenía cuatro rangos: caballero (que eran los guerreros), escuderos (caballería ligera), granjeros y capellanes. Estos dos últimos grupos no tenían que combatir. Para identificar su pertenencia a la Orden vestían el hábito blanco de los cistercienses, al que agregaron una cruz roja en el pecho.

La Orden del Temple creció durante casi dos siglos, ya que eran muy bien considerada tanto por los monarcas europeos como por la Iglesia. Ambas instituciones la premiaban con tierras, castillos y excepciones en el pago de impuestos, lo que provocaba la envidia del resto de los acólitos del poder. Al estar en tierras remotas, los templarios adquirieron gran independencia y poco a poco se fueron separando cada vez más de los dictados del Vaticano.

## UN TEMPLE EJEMPLAR

Los templarios eran un ejemplo de bravura en el campo de batalla y de piedad en los monasterios. De hecho, no era tan importante su número como el ejemplo que daban al resto de los caballeros cristianos. Se cree que en sus mejores tiempos la Orden llegó reunir 400 caballeros, monto discreto, pero con gran poder, tanto para influir en el ámbito caballeresco como para conseguir recursos para la guerra. Además, cuando eran capturados nunca abdicaban de su fe, que era la única posibilidad que les ofrecían los mahometanos para poder conservar la vida. Se cree que en dos siglos murieron casi 20.000 templarios, entre caballeros y escuderos.

Ese desgaste afectó a su rectitud, pues para engrosar sus filas dejaron de ser estrictos en la selección de los aspirantes. Bastaba con que pasaran una prueba secreta, que hasta el momento sigue siendo un misterio y que ha dado pábulo a todo tipo de especulaciones. La gran riqueza acumulada (se cree que poseían más de 900 propiedades) también sirvió para pervertir sus nobles principios. El resto de las órdenes no veían con buenos ojos su enriquecimiento, su orgullo y su pasión por el poder. Entre sus más tenaces enemigos destacaba la Orden de los Hospitalarios, que se había constituido a imagen y semejanza del Temple y que acabó siendo su mayor contrincante. Se cree que es más que probable que estas tensiones internas favorecieran a los musulmanes, y finalmente las huestes de Saladino los expulsaron de Jerusalén en 1187.

A finales del siglo XII las intrigas y acusaciones entre templarios y hospitalarios se hacían ya insostenibles para la Igle-

Caballeros templarios saliendo de su castillo hacia el campo de batalla (miniatura del siglo XIII).

sia, y sucesivos Pontífices abogaron por la fusión de ambas órdenes. San Luis lo propuso oficialmente en el Concilio de Lyon (1274) y el papa Nicolás IV reiteró la propuesta en 1293. Pero ambas órdenes desoyeron las recomendaciones papales. El clima ya estaba caldeado cuando la codicia de Felipe el Hermoso acabó por condenar a los templarios. El monarca quería apropiarse de la riqueza de la Orden para financiar una nueva Cruzada, pero no podía enfrentarse con una institución protegida por la Iglesia. No obstante convenció al Papa Clemente V, conocido por su debilidad de carácter, de que condenara a la Orden. El proceso inquisitorial se inició en 1307, y se basó en las murmuraciones sobre el «demonismo» del Temple: su ceremonia de iniciación era un misterioso rito pagano, negaban a Cristo y escupían sobre la cruz, practicaban la idolatría, toleraban la sodomía, y otro sinfín de acusaciones tan escandalosas como improbables.

Los jefes templarios fueron arrestados el 13 de octubre de 1307, y reconocieron bajo tortura todos los crímenes que se les imputaban. El Gran Maestre Jacques de Molay y los máximos mandatarios fueron quemados en la hoguera y la Orden se desarticuló. Ninguno de los

Grabado que representa a Jacques de Molay, último de las Grandes Maestros del Temple, quemado en la hoguera por hereje en París el 19 de marzo de 1313.

siguientes Pontífices rehabilitó al Temple, que según algunos estudiosos sigue vigente en la actualidad como una sociedad secreta. De acuerdo a esas versiones los templarios continúan con sus negocios tradicionales, pero actualizados a la banca y a las empresas aseguradoras. Muchas de estas compañías tienen que guardar secreto sobre la composición de su junta de accionistas. Los negocios escogidos tienen que ser siempre legales y con fines lícitos. Se cree que la Orden actualmente cuenta con 15.000 afiliados, que incluye un 30% de mujeres. Tienen influencia en una veintena de países, sobre todo en Estados Unidos, América Latina, Medio Oriente y el sur de Europa. Los miembros tienen que vivir con austeridad y sus beneficios se emplean para obras de caridad. Desde hace un tiempo se rumorea que los templarios están intentando un acercamiento al Vaticano para obtener por fin la rehabilitación de la Orden.

## La poderosa Compañía de Jesús

La Compañía de Jesús nació formalmente en 1540, por la bula *Regiminis militantis ecclesiae*, del papa Pablo III. No hay duda de que surgía en el momento oportuno, como contundente instrumento para impedir que la Iglesia perdiera el poder que ostentaba hasta entonces.

La laxitud en las costumbres cristianas había producido un gran descontento y escepticismo entre los creyentes. Calvino y Lutero captaron ese sentimiento en la declaración de la Reforma, y distintos cultos «protestantes» se extendían por los estados del norte de Europa y comenzaban a infiltrarse en los reinos latinos, tradicionalmente fieles al Vaticano. Éste reaccionó con el lanzamiento de la Contrarreforma, movimiento de exaltación de la liturgia y los símbolos católicos que sirvió a la vez para solventar varios problemas dentro de la propia Iglesia. Pero la contraofensiva debía producirse en todos los frentes, y para eso era necesario crear una Orden que actuara con una nueva estrategia y tácticas más flexibles: la Compañía de Jesús. Su fundador fue, como es sabido, san Ignacio de Loyola, una personalidad bélica y mística a la vez que imprimió ese carácter a su congregación, también conocida popularmente como los «Soldados de Dios».

## Ignacio de Loyola: el místico iluminado

Este sacerdote español, que como se sabe fue fundador de la Compañía de Jesús, nació en 1491 en el solar guipuzcoano de Loyola, perteneciente a su familia. En su juventud se enroló para combatir bajo las órdenes del Duque de Nájera, y durante la Revuelta de las Comunidades (1520-1521) fue herido en una pierna. Aprovechó su convalecencia para leer numerosos libros religiosos, que le acercaron a la vida espiritual. Tras permanecer un tiempo recluido en el monasterio benedictino de Montserrat, en 1522 optó por retirarse a una cueva en la que vivió rezando durante diez meses, para después peregrinar a Jerusalén.

Merece la pena resaltar que hasta hace algunos años era accesible a la vista, en la iglesia de la Capilla del Palau, en el barrio antiguo de Barcelona, una urna que contenía el colchón sobre el que meditaba y supuestamente levitaba san Ignacio de Loyola.

La austeridad, el hambre y la profunda entrega espiritual, llevaron a san Ignacio a padecer frecuentes alteraciones de la conciencia, como delirios de carácter místico y visiones celestiales. Posteriormente, la divulgación de estos episodios hizo que algunos autores lo vincularan con los Alumbrados, en tanto que éstos afirmaban haber sido iluminados por apariciones divinas.

En su concepción inicial la Compañía de Jesús era una organización paramilitar centralizada, que no obstante acabó convirtiéndo-

San Ignacio de Loyola en su lecho de muerte
(óleo anónimo).

se en el brazo intelectual de la Contrarreforma. Sus tres objetivos principales eran: actualizar el credo católico desde dentro y sin fisuras, emplear la educación para asentar el poder de la Iglesia y convertir a los pueblos de ultramar mediante las misiones.

Pese a su juramento de sumisión al Papa, la Compañía fue adquiriendo una particular autonomía a medida que se expandía y fortalecía. Su devoción por la ciencia y la cultura la llevó a sostener posiciones que a menudo iban por delante de la doctrina oficial de la Iglesia, al punto que su superior llegó a ser conocido como «el papa Negro». Esto evitando con verdadera astucia jesuítica el enfrentamiento abierto con el Vaticano, y manteniendo formalmente la mayor fidelidad a su Pontífice. Hubo quien los calificó de secta satánica dentro de la Iglesia, y la Compañía acabó siendo expulsada de numerosos países europeos incluyendo a España, donde debió retirarse en 1767, durante el reinado de Carlos III.

Sin embargo, la Compañía de Jesús ha conseguido resistir los caprichos del tiempo y de las jerarquías eclesiásticas. Posiblemente, sigue siendo la corriente que aporta más ideas a la teología cristiana. Algunos creen que es la más progresista, y otros que ese progresismo es un disfraz para mejor defender y difundir los dogmas canónicos más tradicionales. Durante mucho tiempo ha sido también la Orden más cercana al poder papal, aunque parece que en los últimos años ha sido desplazada en ese puesto por el Opus Dei.

## LA LARGA SOMBRA DEL OPUS DEI

Es difícil intentar explicar qué es realmente el Opus Dei, que en latín significa «Obra de Dios». Más aun teniendo en cuenta que para sus miles de adeptos es el camino directo hacia la santidad, mientras que para sus múltiples detractores no es más que una secta integrista con importantes vínculos con el poder político y financiero.

El 6 de octubre de 2002, Juan Pablo II canonizó a su fundador, Josemaría Escrivá de Balaguer, ante más de 100.000 católicos y miembros del Opus. Después llegaría su santificación en un proceso ultrarrápido. Y es que los últimos años han sido especialmente buenos para la Obra. Su influencia en el seno de la Iglesia Católica ha crecido de forma imparable desde que Juan Pablo II le otorgara, en 1982, un estatuto que su fundador llevaba pidiendo desde hacia años: el de Prelatura personal. En la práctica, esto quiere decir que la organización está dirigida por un prelado que es nombrado directamente por el Vaticano y cuyas decisiones son secretas: únicamente debe rendir cuentas ante el Papa. Además, el Opus goza de independencia absoluta en el seno de Iglesia y no está sometido a la jurisdicción de las diócesis.

Retrocedamos en el tiempo, hasta el 2 de octubre de 1928, el día en el que Josemaría Escrivá de Balaguer fundó el Opus Dei. Escrivá presentó su propuesta como la mejor manera de que gente de todas las clases sociales buscaran la santidad sin retirarse del mundo, formando una familia y ejerciendo plenamente su profesión. Para conseguirlo debían seguir al pie de la letra el espíritu de la Obra, recogido en un libro de máximas escrito de puño y letra por el propio fundador: *Camino*. Recogiendo la descripción facilitada por la propia organización: «El Opus tiene como característica esencial el hecho de no sacar a nadie de su sitio, sino que lleva a que cada uno cumpla las tareas y deberes de su propio estado, de su misión en la Iglesia y en la sociedad civil, con la mayor perfección posible».

Algunos rasgos de ese espíritu declarado por el Opus Dei son la santificación de la familia y el trabajo, el amor a la libertad, la práctica de la de oración y el sacrificio, la caridad, el apostolado y la vida piadosa. Remitiéndonos a las palabras de Escrivá, «La vida ordinaria puede ser santa y llena de Dios»; «el Señor nos llama a santificar la tarea corriente, porque ahí está también la perfección cristiana». Por lo tanto, la Obra le da trascendencia a las pequeñas cosas que llenan la existencia de un cristiano corriente: los detalles de buena educación, de respeto a los demás, de orden material, de puntualidad... «La santidad "grande" está en cumplir los "deberes pequeños" de cada instante», concluía Escrivá. Y entre esas realidades ordinarias ocupa un puesto absolutamente vital el matrimonio, defendido férreamente por el fundador del Opus: «El matrimonio no es, para un cristiano, una simple institución social, ni mucho menos un remedio para las debilidades humanas: es una auténtica vocación sobrenatural». En cuanto a la santificación del trabajo, en el Opus se repite una máxima: «Santificar el trabajo, santificarse en el trabajo, santificar con el trabajo». Se debe pues cumplirlo con la mayor perfección humana posible (competencia profesional) y con perfección cristiana (por amor a la voluntad de Dios y en servicio de los hombres).

Josemaría Escrivá de Balaguer, fundador del Opus Dei, la orden con más influencia en el Vaticano actualmente.

## ¿Quién fue Josemaría Escrivá de Balaguer?

El Opus Dei fue fundado en 1928 por Josemaría Escrivá de Balaguer, un sacerdote que entonces contaba 26 años. José María Escrivá Albás —así se llamaba realmente— había nacido en Barbastro (Huesca) en 1902. En 1940 solicitó que se le reconociera como Escrivá de Balaguer y Albás; en 1960, pasó de José María a Josemaría. Durante el franquismo acudía al palacio de El Pardo a dirigir ejercicios espirituales de la familia del dictador. En 1968 pidió y le fue concedido el título de marqués de Peralta. Murió en 1975 y el papa Juan Pablo II lo beatificó en 1992, elevándolo a la santidad diez años después.

El espíritu del Opus Dei impulsa a cultivar la oración y la penitencia, para sostener el empeño por santificar las ocupaciones cotidianas. Por eso, los fieles de la prelatura siguen a rajatabla diversas prácticas: oración, asistencia diaria a misa, confesión sacramental, lectura y meditación del Evangelio. Pero algunos de los más devotos también recurren a cilicios y autocastigos corporales. Realizan estos sacrificios para purificarse de los pecados personales y ofrecer a Cristo una reparación por todos los pecados del mundo.

En cuanto al amor a la libertad, son muchos los detractores de la Obra que no pueden evitar una sonrisa incrédula cuando leen que «los miembros del Opus Dei son ciudadanos que disfrutan de los mismos derechos y están sujetos a las mismas obligaciones que los otros ciudadanos, sus iguales. En sus actuaciones políticas, económicas, culturales, etc., obran con libertad y con responsabilidad personal, sin pretender involucrar a la Iglesia o al Opus Dei en sus decisiones ni presentarlas como las únicas congruentes con la fe. Esto implica respetar la libertad y las opiniones ajenas».

La caridad y el apostolado obligan a los miembros del Opus Dei a dar testimonio de su fe cristiana, primero con el ejemplo personal y después con la palabra, intentando convencer a los demás de las bondades de seguir el camino de Cristo. Finalmente, su ideario propugna que la amistad con Dios, las ocupaciones cotidianas y el empeño apostólico personal del cristiano han de saber fundirse y compenetrarse en una «unidad de vida sencilla y fuerte», expresión habitual del fundador del Opus Dei. Según Escrivá de Balaguer: «El cristiano que trabaja en medio del mundo no debe llevar una doble vida: la vida interior, la vida de relación con Dios, de una parte; y de otra, distinta y separada, la vida familiar, profesional y social. Hay una única vida, hecha de carne y espíritu, y ésa es la que tiene que ser —en el alma y en el cuerpo— santa y llena de Dios».

Según datos facilitados por el propio Opus Dei, la organización cuenta actualmente con 84.000 miembros en todo el mundo. En Europa hay 48.700 (33.000 en España y 4.000 en Italia); en América, 29.000; en Asia y Oceanía, 4.700, y en África, 1.600. De ellos muy pocos son sacerdotes, apenas 1.700, el resto son numerarios (alrededor de un 26 %) y supernumerarios (un 73 % aproximadamente). Los supernumerarios son hombres y mujeres, solteros o casados, que entregan parte de sus ingresos a la Obra. La condición de numerario implica un grado especial de compromiso, y forman el núcleo duro de la organización. Viven en centros del Opus en los que entran, tras un periodo de prueba de un año, con un contrato permanente llamado «fidelidad» (equivalente a los votos), que implica obligación de pobreza, castidad y obediencia. Estos miembros suelen tener empleos en el mundo profesional (hay médicos, abogados, catedráticos, políticos, etc.), donan sus ingresos íntegros al director de su centro, hacen heredero de todos sus bienes al Opus y reciben a cambio una pequeña remuneración. Se subdividen en tres categorías: electores (los que tienen voz y voto en la elección del presidente general de la Obra), inscritos (los que ocupan puestos de responsabilidad en el organigrama) y ordinarios (los que no ostentan cargos de dirección).

La Prelatura organiza clases, charlas, días de retiro, medios de dirección espiritual, etc., para todos los miembros de la Obra, como forma de dar a conocer y ayudar a vivir las enseñanzas del Evangelio y del Magisterio de la Iglesia. Los medios de formación —para hombres y para mujeres por separado— se organizan en horarios y lugares compatibles con el cumplimiento de los deberes familiares, profesionales y sociales de los asistentes.

Pero, aparte de los que han reconocido públicamente su pertenencia a esta organización, los miembros de la Obra preservan su privacidad al máximo. No en vano en su constitución, redactada en 1950, el artículo 191 afirma: «Los miembros numerarios y supernumerarios sepan bien que deberán observar siempre un prudente silencio sobre los nombres de otros asociados y que no deberán revelar nunca a nadie que ellos mismos pertenecen al Opus». Quizá por ello se ha querido ver al Opus como una sociedad secreta. De hecho es cierto que existen ciertos códigos. Si una persona, por ejemplo, se cruza con el ex ministro español de Defensa Federico Trillo, cuya pertenencia al Opus Dei es pública, y le saluda en latín con la palabra *Pax*, el conocido político le reconocerá como un miembro de la Obra y le responderá con otra expresión latina: *In aeternum*. Es el saludo habitual que utilizan los miembros de la organización. Esta preservación de la privacidad forma parte fundamental en la estrategia de la institución.

Y hablando de ministros, una de las críticas más extendidas hacia el Opus, que cuenta con banqueros, políticos y empresarios en sus filas, es que se trata de un grupo elitista que se nutre de personas con una enorme influencia en la sociedad. Como respuesta a esta acusación, los miembros de la prelatura citan las palabras del fundador y aducen que cualquier persona puede pertenecer a la Obra, independientemente de sus talentos o estrato social, y que los que se involucran en política lo hacen sin representar al Opus, sino como ciudadanos libres, siguiendo sus propios criterios. Los detractores recuerdan con una sonrisa la entusiasta frase que dejó escapar Escrivá cuando en los años 60 Franco incluyó por primera vez en el gobierno español a varios miembros del Opus: «¡Nos han hecho ministros!».

El dedo acusador de los detractores también apunta a la especial fobia que parece sentir el Opus hacia el sexo. Una obsesión casi morbosa que, evidentemente, también deja su huella en *Camino*: «quítame, Jesús, esa corteza roñosa de podredumbre sensual que recubre mi corazón». De hecho, el actual prelado, Javier Echevarría, llegó a decir públicamente que cuando alguien nace impedido o con una tara, se debe probablemente a que sus padres cometieron prácticas sexuales pecaminosas. Mucho se ha hablado también de la censura a la que se ven sujetos los fieles. El Opus Dei niega rotundamente que haya censura, pero los numerarios reciben constantes cursos de adoctrinamiento y la lista de libros que pueden leer mientras están en la Obra la decide el director de su centro, quien se encarga de evaluarlos del 1 («recomendable») al 6 («gravemente peligroso para la fe»).

En cualquier caso, sean verdad o no éstas u otras numerosas acusaciones lanzadas contra la primera y única prelatura del mundo, lo cierto es que desde el Opus siempre se ha afirmado que quien está allí es porque quiere. Una vez más, *Camino* tiene la respuesta: «Obedecer, camino seguro. Obedecer ciegamente al superior, camino de santidad. Obedecer en tu apostolado, el único camino: porque en una obra de Dios, el espíritu ha de saber obedecer o marcharse».

Algunas sociedades cuentan entre sus miembros a importantes políticos. Varios de los ministros del antiguo gobierno español pertencen al Opus Dei (izda.: Romay de Beccaría; abajo izda.: Federico Trillo; abajo dcha.: Loyola de Palacio).

Como vemos los vínculos de la Iglesia con sus propias sociedades secretas internas, son más que notables. Pero siempre cabe preguntarse cuántos de los grupos que han gozado y gozan de cierta «preponderancia» dentro de su seno, están pendientes de que llegue el fin del Papado tradicional. Y trabajan en la sombra con ese propósito...

# 8. Asesinatos en el Vaticano

En *Ángeles y demonios* se nos cuenta la historia de un crimen cuyo objetivo es terminar con la Iglesia y con el Papado. Sin embargo el Papa no es asesinado en un atentado fruto de una conspiración externa, sino envenenado desde dentro del propio Vaticano.

A lo largo de la historia papal han habido muertes sospechosas que permitieron suponer que la oscura mano de una conspiración se cernía sobre el Vaticano. En este sentido se han de distinguir los presuntos asesinatos del pasado de las teorías conspirativas más actuales, que se refieren a la muerte de Juan Pablo I y al intento de asesinato de Juan Pablo II. Oportunamente nos extenderemos sobre estos dos casos concretos, pues son los que más conjeturas han originado en los últimos tiempos. No obstante, para entender mejor estos presuntos crímenes, conviene remontarnos a las oscuras muertes del pasado y saber cómo funcionaban las cosas en aquellas épocas.

Cuando la Iglesia Católica pasó a ser el culto mayoritario de Occidente, se convirtió en un importantísimo centro de poder. Durante la Edad Media conservó la sabiduría en las iglesias y los monasterios, que no recibían el ataque de las hordas bárbaras cristianizadas. En el Renacimiento, con la nueva concepción de la ciudad estado, la Iglesia aumenta vertiginosamente su poder. Adopta la estructura de un estado más (los Estados Pontificios), pero ostenta un poder transversal sobre todos ellos. Las intrigas palaciegas de cualquier corte de la época se multiplican por mil en el Vaticano. El Papa, además de líder espiritual, es en cierta forma el gobernante más poderoso en toda Europa. Sus decisiones pueden provocar guerras, enriquecer a unos o desfavorecer a otros. Por tanto, se produce una peligrosa unión de los intereses terrenales con los espirituales, lo que provoca que en muchos casos se antepongan los primeros a los segundos.

Como ejemplo de este fenómeno tenemos las historias de Pontífices corruptos, luchas intestinas por el poder en el seno de la Iglesia, y algunos hechos más escalofriantes que la Santa Sede ha preferido no divulgar. Y dentro de las abundantes conspiraciones palaciegas, hay también una lista de papas a los que se quitó de en medio porque su reinado no favorecía ciertos intereses concretos.

## «Digamos que Su Santidad ha fallecido»

Al adentrarnos en este tema, debemos dejar claras algunas consideraciones previas. Estamos hablando de un tiempo pasado, en el que la criminología ni siquiera existía y por tanto apenas puede haber pruebas de lo que realmente había ocurrido. Por ello es difícil separar la verdad de la leyenda y la conjetura. Los libros de historia no pueden darnos una respuesta inequívoca sobre lo sucedido. En el caso del Vaticano, además, nos enfrentamos a su tradicional apego al secretismo.

En la actualidad se puede hablar sin tapujos de los presuntos crímenes cometidos en la historia de cualquier corte europea. Forman parte del pasado, la organización del gobierno ha cambiado radicalmente y el tema no tiene porqué levantar ampollas. Son errores que no suponen ningún tipo de continuidad y no atentan contra la credibilidad del país. En cambio, cuando revisamos la historia del Vaticano, los valores se invierten. La Iglesia no ha cambiado su jerarquía ni su funcionamiento. Por tanto, reconocer los errores del pasado significa socavar la creencia en el propio sistema que la sustenta. Además, estamos hablando de una organización que llegó a ser muy poderosa, pero que predicaba y predica la bondad y la rectitud. Reconocer que hubo crímenes, conspiraciones y asesinatos pone en entredicho la función de la Iglesia, no tan sólo en el pasado sino también en el presente y el futuro.

Todo ello dificulta la posibilidad de dilucidar qué papas fueron realmente asesinados en la oscura historia de la Santa Sede. No hay certezas ni pruebas concluyentes, pero sí una larga y sospechosa lista de muertes que no tuvieron una causa natural.

Los pasillos del Vaticano han sido escenario de múltiples intrigas y conspiraciones.

Intentaremos ceñirnos a las pruebas más fidedignas para trazar el tortuoso camino que pudo llevar a crímenes más recientes.

## LOS PONTÍFICES MÁRTIRES

Son varios los Papas que murieron como mártires, durante el tiempo en que el cristianismo fue perseguido por el Imperio Romano. Sus verdugos pensaban que su ejecución sería un escarmiento para el resto de los cristianos. Y por cierto volver a elegir otro Pontífice y rehacer la jerarquía eclesiástica no era labor fácil, por las dificultades para comunicarse y reunirse en la clandestinidad. No obstante, y pese a que también abundaban las disidencias internas, aquellos primeros cristianos se las arreglaron para mantener la continuidad del trono de san Pedro. Por esta razón los romanos fracasaron en su intención de asestar un buen golpe al credo que perseguían. De hecho esta misma razón es la que parece emplear Brown en su obra: descabezar a la Iglesia para terminar con ella. Sin embargo, si esto ocurriera, difícilmente acabaría con la estructura y la permanencia del poder del Vaticano.

San Pedro, el primer Pontífice de la Iglesia, fue también el primero en ser ajusticiado por defender sus creencias. Condenado a la crucifixión, como su Maestro, consideró que no era digno de sufrir la misma muerte que Jesús y pidió que lo crucificaran al revés, o sea con la cabeza hacia abajo. Algunas sectas satánicas han pretendido ver en aquella posición un guiño hacia sus doctrinas. De hecho, la cruz invertida es el símbolo por excelencia del culto al Demonio.

San Clemente I, sucesor de san Pedro, siguió el mismo destino en el año 97. A este Papa protocristiano se le atribuye el sacramento de la confirmación y el empleo de la palabra «amén» en los rituales. El emperador Trajano, después de enviarlo al exilio, lo condenó a morir arrojado al mar con una ancla en el cuello. Algunos siglos después le tocó el turno a san Calixto I. Durante su reinado (217-222) dio la orden de construir las catacumbas de la Via Appia, donde fueron enterrados 46 Papas y 200.000 mártires. Finalmente, fue prendido por los romanos y apaleado públicamente hasta la muerte. Su cadáver se arrojó a un pozo y en ese lugar se levantó la iglesia de Santa Maria de Trastévere. El caso más claro y sobre el que apenas hay dudas fue el asesinato de Sixto II. Este Papa ejerció como Pontífice tan sólo un año, entre el 257 y el 258. La Iglesia seguía siendo perseguida por los romanos, que hallaron al papa y a dos diáconos refugiados en las catacumbas, les exigieron que, si querían conservar su vida, abjuraran de su fe en Cristo; ellos se negaron y fueron decapitados.

La condena a muerte por parte de los romanos era una medida disuasoria que no logró frenar el avance del Cristianismo. Cuando éste triunfa y cesan las persecuciones, la Iglesia se aposenta y puede establecer claramente su jerarquía. Es a partir de ese momento y hasta la actualidad que los presuntos asesinatos de Pontífices responderían a una conspiración, en muchos casos de sus círculos más cercanos. En otros, de enemigos que se ven amenazados o perjudicados por la política de la Santa Sede.

## Celestino V: el único intento de abdicación

Pietro Angeleri, llamado también «Pietro del Morrone», era un ermitaño benedictino que en la Italia del siglo XIII alcanzó cierta fama de santidad. Tan místico como rústico, en 1294 fue arrancado de su ermita en los Abruzzos para ser coronado Papa con el nombre de Celestino V. La Iglesia vivía un vacío de poder tras dos años de crisis interna y el cónclave cardenalicio necesitaba «un Papa de transición», débil y manejable, hasta conseguir resolver sus entresijos. El bueno de Pietro era un candidato perfecto: ignorado e ignorante, contaba casi 90 años y no tenía ninguna pretensión de poder. Fue así obligado a aceptar un cargo en el que nunca se sintió cómodo ni se vio capacitado para ejercerlo. Entre lo poco que le dejaron hacer consta la fundación de la orden de los Celestinos, que acabó disolviéndose en el siglo XIX.

A los cinco meses de su proclamación Celestino V se dio cuenta de que se estaba dejando dominar por sus consejeros y que, carente de cultura y de modales, no sabía cómo comportarse en el exquisito protocolo de la Santa Sede. Al comprobar que era incapaz de desempeñar el cargo tuvo la decencia, y tal vez el alivio, de decidir renunciar a él. Reunió a todos los prelados, se tendió en el suelo boca abajo y les rogó su perdón. Después anunció su abdicación y pidió que se le dejara volver a la vida de

Arriba dcha.: Celestino V; abajo dcha.: Clemente I;
abajo izda.: san Pedro en la crucifixión.

anacoreta que llevaba antes de su elección. Este gesto lo convirtió en el único Pontífice que se ha retirado en vida en toda la historia del Papado hasta hoy.

Su sucesor, el dominante Bonifacio VIII, decidió asegurarse de que sus adversarios no utilizarían al anciano ermitaño para cuestionar su legitimidad. Ordenó sacarlo de su retiro y lo mandó encarcelar. Quien había sido Celestino V murió en prisión en 1296 de forma natural. Eso fue al menos lo que sostuvo la Iglesia y todo el mundo lo creyó durante casi siete siglos. En 1988 alguien robó el féretro del papa Angeleri de su panteón en la basílica de Collemaggio, en la región de L'Aquila, que fue encontrado poco después en un sitio a 60 km de su tumba. El Vaticano hizo practicar un escáner a los restos para corroborar que eran los auténticos. Se comprobó así que en el cráneo tenía un agujero a la altura de la sien, practicado evidentemente con un clavo cuadrangular de hierro. El arzobispo de L'Aquila, monseñor Mario Peresin, confirmó oficialmente que Celestino había sido asesinado. Y es posible suponer por orden de quién.

## La desmedida y sospechosa muerte del papa Borgia

Rodrigo de Borja nacido en Játiva (Valencia), más conocido como «el papa Borgia», gobernó la Iglesia de 1492 a 1503 con el nombre apostólico de Alejandro VI. Fue sin duda el Pontífice más tristemente famoso de todos los tiempos y también el más vilipendiado. Durante su mandato buscó enriquecer a sus tres hijos (César, Juan y Lucrecia), cometió muchos desmanes, y se le atribuyeron un par de crímenes.

Algunos historiadores creen que el comportamiento de la familia Borgia no fue tan escandaloso como se ha escrito y que simplemente era común ese quehacer entre sus contemporáneos, incluyendo otros papas, cardenales, obispos y los clérigos que podían permitírselo. Otros opinan que su leyenda negra fue inventada por los antipapistas para conseguir que la Santa Sede perdiera su prestigio. Fuera como fuese, lo cierto es que los desmanes del papa Borgia, aun vistos hoy en día, parecen bastante desmadrados. Simplemente el hecho de que tuviera dos «esposas» (Vanozza Cattanei y Julia Farnesio) y que le dieran hijos que él reconoció, resultan escandalosos.

Retrato del papa Alejandro VI, siglo XVI. Conocido como el «papa Borgia», es sin duda el Sumo Pontífice más polémico y criticado de la historia.

Sin embargo ni sus peores detractores han podido negar que, al margen de los excesos de su vida privada, fue un Pontífice hábil y eficaz que fortaleció el poderío de la Iglesia. A su muerte en 1506, no sin antes haber firmado la bula *Inter Caetera*, que dividía las tierras del Nuevo Mundo entre España y Portugal, el poder de todo el clan Borgia se derrumbó estrepitosamente. Numerosos historiadores creen que Alejandro VI fue envenenado con arsénico. Su cuerpo se hinchó y se volvió totalmente negro, hecho que sus adversarios mostraran como prueba de que el papa Borgia era el mismo demonio. Cuentan que su volumen aumentó tanto, que los sepultureros tuvieron que saltar sobre su cuerpo, desmedidamente hinchado, para poder cerrar el féretro.

No se sabe con certeza quién pudo haber sido el responsable de su muerte. Era una época muy convulsa, en la que casi todos los monarcas querían repartirse los territorios italianos, por lo que eran muchos los que tenían razones para quitar de en medio a un Pontífice tan astuto y poderoso.

## Sixto V, un Papa con muchos enemigos

Sixto V, recordado como uno de los papas más enérgicos de la historia, y que gobernó entre 1585 y 1590, tuvo un trágico final que todavía no ha sido aclarado, pero que podría deberse a algunas de las controvertidas decisiones que había tomado. Nacido en Grottamare en 1520 y bautizado como Felice Peretti, subió a la silla de san Pedro después de una brillante carrera eclesiástica. De carácter firme y decidido, en cinco años de reinado sus milicias acabaron con el bandolerismo, aumentando así el patrimonio eclesiástico y consolidando su poder en Italia.

Sixto V fue otro de los Pontífices que procuraron separar el poder espiritual de la Iglesia del temporal que ostentaban las monarquías, pero eso lo obligó a implicarse en las luchas terrenales que mantenían aquéllas entre sí. Apoyó al rey español Felipe II en su guerra contra la reina inglesa Isabel I, porque sus intereses coincidían con los del Vaticano. Felipe necesitaba acabar con los corsarios que asaltaban sus barcos y cortar el apoyo inglés a los rebeldes de Holanda y Flandes. El Papa, por su parte, deseaba castigar a la llamada «Reina virgen», cabeza de la cismática Iglesia anglicana (fundada por su padre, Enrique VIII), con una ejemplar derrota. Sixto V entregó al monarca español parte del capital que sirvió para crear la Armada Invencible, que debía encabezar una especie de cruzada contra Inglaterra. Como se sabe, después de unas escaramuzas con la escuadra inglesa, el duque de Medina Sidonia, inexperto almirante que comandaba la flota española, decidió emprender la retirada sin intentar el desembarco. La mayor parte de las naves se hundieron frente a la costa de Irlanda, dicen que por culpa de una tormenta.

Tras este acontecimiento, el Pontífice decidió no volver a intervenir en cuestiones terrenales, y dedicó su talante rígido y autoritario a reorganizar la curia y adoptar medidas en el campo de la moral. Fue el primer Papa que prohibió las prácticas anticonceptivas y el aborto, al que calificó de asesinato, y condenó la costumbre de castrar a los niños que cantaban papeles femeninos en la ópera, para que conservaran la voz de soprano. En su aspecto de mecenas fue realmente magnífico, ordenó y financió la construcción de bellísimos edificios y varias medidas urbanísticas que enriquecieron notablemente el esplendor de la Roma barroca.

Sixto V falleció repentinamente en 1590, y no hay lugar a dudas que fue asesinado. Lo que no se sabe es quién fue el asesino, ni cuál de sus controvertidas medidas encendió las iras de los instigadores. Según varios estudiosos, el Papa fue asesinado por otro religioso muy cercano a él, que algunos consideran que se había vuelto loco. Otros han visto una conspiración de varios gobiernos descontentos con sus decisiones; o una conjura de prelados desplazados de la curia; incluso se ha llegado a sugerir que el criminal era alguien que, simplemente, detestaba el recargado estilo barroco.

## La misteriosa muerte de Clemente VIII

El cardenal Hipólito Aldobrandini fue elegido Papa en 1592, con cincuenta y seis años y una larga experiencia en la sofisticada diplomacia vaticana. Era básicamente un hábil negociador, y cuando inició su reinado como Clemente VIII se dispuso a demostrarlo. Con extrema habilidad y paciencia consiguió que Francia y España, dos de los reinos favoritos de la Iglesia, firmaran en 1598 la paz de Vervins, después de décadas, por no decir siglos, de enemistad continuada. Sin embargo, el pacto resultó bastante endeble, porque el monarca francés Enrique IV, el hugonote navarro fundador de la dinastía borbónica, se había convertido al catolicismo para ser aceptado como rey, de aquí su su famosa frase «París bien vale una misa». Pero luego pactó con los turcos y dejó a los cruzados del Pontífice en la estacada.

Aparte de este episodio terrenal, los problemas más relevantes que debió afrontar Clemente VIII en su pontificado fueron de carácter teológico. El Pontífice no dudó en enfrentarse al respetado jesuita español Luis de Molina. Éste aseguraba que el libre albedrío no existía tal y como lo definía la doctrina de la Iglesia, sino que se trataba de una unión entre la voluntad del individuo y la divina. Esta cuestión, que ahora puede parecer bastante irrelevante, supuso una revolución que alzó a los dominicos en contra de los jesuitas. El Papa apoyó a los primeros y se ganó la peligrosa enemistad de los segundos.

Clemente VIII murió en 1605 en extrañas circunstancias. Muchos culparon a la Compañía de Jesús de haber fraguado la muerte del Pontífice, para evitar perder poder en el Vaticano frente a los benedictinos. Otros en cambio, mantienen que si hubo un crimen se tendría que buscar a sus responsables entre los aliados del rey calvinista de Francia.

Izquierda: moneda con la efigie de Clemente VIII.
Derecha: moneda con la efigie de Sixto V.

## PIO XI CONTRA EL FASCISMO

Al Papa vital, culto, estudioso y deportista que gobernó entre 1922 y 1939 con el nombre de Pio XI, le tocó guiar a su rebaño en tiempos muy duros para Europa y para la Santa Sede. Pese a haber firmado con Mussolini en 1929 los acuerdos de Letrán, que constituyeron a la Ciudad del Vaticano como un Estado independiente dentro de Italia, nunca reprimió sus críticas hacia los totalitarismos.

Pío XI no vacilaba en ganarse honestamente temibles enemigos. Criticó tanto al comunismo como al fascismo, y se negó a entrevistarse con Hitler cuando éste visitó Roma. Los únicos que tal vez podrían haberlo oído eran los países que más tarde serían «los Aliados», pero en aquel momento sus gobernantes aún pensaban que Hitler no era una amenaza importante. Cuando la guerra era ya inminente, Pío XI ofreció su propia vida si esto servía para

Pio XI, Pontífice Máximo antes de la Segunda Guerra Mundial, intentó frenar una guerra que creía inminente. Murió misteriosamente justo antes de pronunciar una encíclica en la que criticaba duramente tanto al fascismo como al antisemitismo.

traer la paz. El gesto conmovió a la opinión pública, pero no, desgraciadamente, a los gobiernos contendientes.

El valeroso Pontífice murió en 1939, un día antes de pronunciar una encíclica que criticaba duramente al fascismo y el antisemitismo. Nunca se aclararon las causas de su inesperado fallecimiento. Dicen que Mussolini dio la orden de asesinarlo y que el ejecutor fue el médico personal del Pontífice, que casualmente era el padre de la amante del dictador, Claretta Petacci. Si es que damos crédito a las especulaciones de los conspiranoicos, al doctor Petacci no le habría resultado difícil acceder a los aposentos de Pio XI e inyectarle un veneno letal.

## Juan Pablo I: demasiado honesto para ser Papa

A las 5 de la mañana del 29 de septiembre de 1978, la hermana Vincenza golpeó una y otra vez la puerta de los aposentos del papa Juan Pablo I sin obtener respuesta. La religiosa, como cada mañana, se disponía a servirle un café en su despacho. Alarmada por el silencio del Pontífice, se decidió a entrar en sus habitaciones. Encontró a Juan Pablo I derrumbado sobre su escritorio y sin vida. Sor Vincenza llamó a voces al cardenal Jean Villot, secretario de Estado del Vaticano, que casualmente pasaba por allí. Villot hizo llamar a su vez a un médico amigo suyo, un tal doctor Buzonetti, que certificó la defunción del ciudadano italiano Albino Luciani, de 66 años, a causa de un infarto de miocardio. Cuando el cardenal Villot hizo el anuncio oficial dijo, para estupor de sor Vincenza, que el cuerpo de Juan Pablo I había sido encontrado por su secretario personal, y no en el despacho sino en su cama.

A partir de ese anuncio surgió uno de los secretos mejor guardados del siglo XX: el breve pontificado de Juan Pablo I y su enigmática muerte. Albino Luciani había estado al mando de la Iglesia Católica tan sólo 33 días, tiempo suficiente para ver que se proponía iniciar una verdadera revolución para reintegrarla al mensaje evangélico, en la estela del Concilio Vaticano II. Todo parecía indicar que serían precisamente el Vaticano y su corrupta curia, los principales perjudicados por aquella drástica reforma.

El primer indicio de que algo se ocultaba tras la súbita muerte del Pontífice, fue la tajante negativa del cardenal Villot a que se practicara la autopsia del cadáver. Esta operación había sido solicitada por buena parte de los cardenales, ante la ausencia de un boletín médico oficial y las dudas expresadas por el médico personal de Juan Pablo I, el doctor Antonio Da Ros, sobre el presunto infarto. Es posible que algunos de los prelados esperaran ingenuamente que la autopsia despejara las murmuraciones y

Juan Pablo I estuvo al mando de la Iglesia Católica un total de 33 días, que fueron suficientes para dejar constancia de la revolución que tenía prevista para reintegrar la Iglesia al mensaje evangélico.

otros, en cambio, desearan desenmascarar los manejos políticos y financieros del secretario de Estado. Sin embargo, ni unos ni otros consiguieron su objetivo porque Villot, por medio de su acólito el cardenal Oddi, declaró que el Colegio Cardenalicio no profanaría los restos del Papa ni aceptaría ningún tipo de investigación sobre la causa de su fallecimiento.

En cuanto al doctor Da Ros, no ocultaba su asombro por el apresurado diagnóstico de su colega Buzonetti, que nunca había tratado a Juan Pablo I antes de firmar su defunción. No conocía por tanto su historial médico, que registraba la existencia de un corazón en perfecto estado y una presión sanguínea más bien baja. Este criterio era compartido por otras personas muy próximas al Papa fallecido que conocían su austero modo de vida, su carácter apacible, sus sanas costumbres alimenticias y su total rechazo al tabaco y el alcohol. El propio Da Ros había visitado a Luciani el día anterior a su muerte, sin que éste se quejara de malestar alguno ni mostrara signos de encontrarse indispuesto.

Otro dato inquietante era que, según sor Vincenza, el cuerpo del Papa se había encontrado aún tibio, lo que hacía imposible creer en la hora oficial de su defunción: las once de la noche anterior. La incorruptible religiosa se atrevió a contar todo lo que sabía a algunos informadores e investigadores independientes, que hicieron público su testimonio. Finalmente, estaba el hecho de que Villot había ordenado embalsamar inmediatamente el cadáver, para lo cual se debieron extraer las vísceras que podían guardar vestigios de algún veneno. Pero aunque al principio todas las sospechas recayeron sobre el secretario de Estado, pronto se vio que detrás de él había una figura aún más tenebrosa: el arzobispo Paul Marzinkus, director del Instituto para las Obras de Religión, quien pese a tan caritativo cargo era el que manejaba las no siempre claras finanzas del Vaticano.

Últimamente se han alzado nuevas voces dentro de la Iglesia denunciando que existen demasiadas lagunas sobre la muerte de Juan Pablo I. Muchos dedos acusadores apuntan a Marcinkus o a sus amigos de la Masonería secreta y conspirativa. El principal testigo de cargo es el cardenal Aloisio Lorscheider, que fue

## Paul Marcinkus: el banquero de Dios

Paul Casimir Marcinkus era un sacerdote de origen lituano nacido en Estados Unidos. Se ordenó sacerdote en Chicago en 1947, y cinco años después fue llamado a Roma para integrarse en el Vaticano. Ingresó primero en la Secretaría de Estado y en 1969, siendo ya obispo, en el Instituto para las Obras de Religión, del que fue designado director dos años después. Buscando inversiones ventajosas para los capitales de la Iglesia, tomó contacto con el banquero Michele Sindona, dedicado a lavar el dinero sucio del clan Gambino, conocidos hampones de Chicago. Sindona y Marcinkus se relacionan con Licio Gelli, empresario textil y Gran Maestre de la logia masónica Propaganda Due (más conocida como «La P2»), y que en su juventud había pertenecido a las SS nazis. Los tres se lanzaron a una serie de operaciones financieras, tan fraudulentas como secretas. Entonces Roberti Calvi, subdirector general del Banco Ambrosiano, se sumó a las negociaciones del trío. Pero el fracaso de algunas cuantiosas operaciones muy arriesgadas, sumado a la crisis del petróleo de 1972, hizo estallar la burbuja. Sindona huye a Estados Unidos, el Vaticano pierde una verdadera fortuna y Roberto Calvi se suicida en Londres colgándose de un puente.

Marcinkus lo niega todo, incluso su relación con Sindona. Cuando la fiscalía lanzó una orden de arresto contra él, se refugió en la Ciudad del Vaticano, que, como Estado independiente puede rechazar una orden de extradición.

Sucede que el banquero de Dios había hecho una elevada inversión, aparentemente a fondo perdido, para financiar el movimiento polaco Solidaridad, a través del entonces arzobispo Karol Wojtyla. Éste fue elegido papa como Juan Pablo II en 1978, hay quien dice que gracias a amenazas y sobornos de Marcinkus a varios cardenales. Lo cierto es que el nuevo Pontífice, nobleza obliga, defendió y protegió en todo momento a su sospechoso patrocinador.

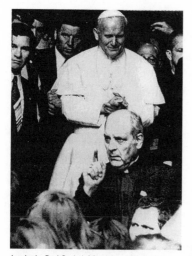 

Izquierda: Paul Casimir Marcinkus (primer plano, en el centro) junto a Juan Pablo II; derecha: Michele Sindona.

amigo personal del Papa fallecido y uno de los principales valedores para que éste consiguiera el cargo. El prelado asegura que Albino Luciani era un hombre muy sano, sin hipertensión ni colesterol, y que nunca le comentó que padeciera ningún problema cardiaco; por esta razón le había extrañado sobremanera que, repentinamente y sin ningún aviso previo, sufriera un ataque al corazón. Otros funcionarios de la curia también han hablado, después de veinte años de silencio, sumando datos a las sospechas de Lorscheider. Entre ellos, un testigo de excepción: el obispo irlandés John Magee, que en 1978 era el secretario privado al que el Vaticano atribuyó el hallazgo del Papa muerto, sin duda para evitar que a sor Vincenza se le fuera la lengua ante la prensa. Magee contó finalmente la verdad, incluyendo el «traslado» del cadáver del escritorio al dormitorio, aunque no aseguró que se tratara de un crimen ni acusó a nadie en particular.

Un tema tan enigmático y morboso como el asesinato de un Papa en el propio Vaticano, concitó el interés de periodistas y es-

ASESINATOS EN EL VATICANO

critores deseosos de impactar al gran público. Desde el inicio y hasta hoy se han publicado sobre ese macabro asunto no menos de una veintena de libros de investigación o de ficción, y centenares de artículos de prensa. Otros autores salieron a quitar hierro al tema, algunos pagados por la propia curia vaticana o sus «hombres de paja» en el campo editorial. En líneas generales puede decirse que el bando de los acusadores está encabezado por Roger Peyrefitte con su documentada obra *La sotana roja,* y el escritor inglés David Yallop, especialista en investigar crímenes ocultos, que en su libro *En nombre de Dios* defiende también la hipótesis de la conspiración masónica. Por el otro bando John Cornwell, con su obra *Como un ladrón en la noche* se bate con brillantez en defensa de la tesis del Vaticano, y deja por los suelos la figura y el prestigio del papa Luciani, que habría ocultado su enfermedad impidiendo que se le prestara la debida atención médica.

## Un Papa sencillo, pero temible

Juan Pablo I era un hombre de consenso, por su bondad, su sencillez y su ánimo conciliador. O al menos eso creían los cardenales que lo eligieron Papa. El cónclave de 1978 se había planteado como una disputa por la tiara papal entre dos candidatos muy disímiles: el cardenal Guissepe Siri, que representaba al ala progresista heredera del pensamiento de Juan XXIII; y el aspirante polaco Karol Wojtyla. Cuando uno y otro bando comprobaron que no podrían obtener la mayoría, pactaron la elección del bueno y honesto cardenal Luciani, con la esperanza de manipularlo.

Este hombre de carácter aparentemente simple, nunca llegó a ser bien visto por la curia vaticana. Ya en su primer discurso dijo que prefería ser llamado pastor espiritual antes que Sumo Pontífice, y se ganó desde ese primer momento a los periodistas gracias a su llaneza y sinceridad. En otra ocasión manifestó: «Dios es nuestro Padre; más aún... nuestra Madre», con lo que elevó el número de críticas en el Vaticano y en cierta forma las justificó. Los teólogos se llevaron las manos a la cabeza y pensaron que aquel Pontífice estaba desbaratando el intocable dogma de la Santísima Trinidad. Algunos allegados de Juan Pablo I han comentado que éste estaba escandalizado por las intrigas y rivalidades que existían en el Vaticano. De hecho, según dijo en más de una ocasión, quería aprender lo antes posible todo lo relativo a su apostolado para no tener que fiarse de sus consejeros, que le resultaban interesados y sectarios. En opinión de muchos Juan Pablo I era un hombre demasiado honesto para entrar en las intrigas del Vaticano, y además quería sinceramente acabar con ellas.

Esa actitud le valió más de un enemigo. Y cuando existe una sospecha de asesinato, la primera medida es investigar a los enemigos de la víctima. Según el escritor David Yallop, había al menos una docena de personas influyentes que querían eliminar al Papa. Entre ellas destaca, como era de suponer, a Paul Marcinkus, ya que el nuevo Pontífice había ordenado una investigación minuciosa de todos los movimientos financieros de la Banca Vaticana. Algunos testigos incluso aseguraron haberlo visto aquel día en los alrededores de la residencia papal, unos minutos después de las cinco de la mañana, hora en que realmente debió producirse la muerte de Juan Pablo I.

Según Yallop, el otro sospechoso era el cardenal Villot, el secretario de Estado que no permitió que se le practicara la autopsia al cadáver y manipuló u ocultó varios aspectos de aquel trágico episodio. Se dice que el nuevo Papa le había entregado una lista en la que aparecían una serie de nombres de gran importancia que debían ser cesados o trasladados de sus puestos. Entre ellos habría figurado el propio Jean Villot, que intentó convencer al Pontífice de que no llevara a cabo un cambio tan drástico. Pero

Juan Pablo I no quiso ceder, porque sabía que ese paso era indispensable para poder llevar a cabo las reformas que se proponía implantar. Por último hay un tercer sospechoso, el banquero Licio Gelli, que como hemos visto lideraba la logia masónica conocida como P2, gravemente comprometida en los escándalos financieros de Marcinkus y la Banca Ambrosiana.

Por su parte, John Cornwell afirma que no hubo veneno ni crimen, pero que el Vaticano es responsable de haber dejado morir a su máxima figura. Según las pesquisas de este minucioso investigador, el Papa antes de su muerte llevaba varios días quejándose de hinchazón en las piernas y de problemas circulatorios. Pero nadie le prestó atención ni la ayuda médica que necesitaba. La excusa oficial fue que todavía no les había llegado el informe médico desde Venecia, diócesis de la que Albino Luciani era arzobispo hasta el momento de ser elegido. ¿Negligencia o asesinato? Ésta es la pregunta que aún no ha podido ser contestada.

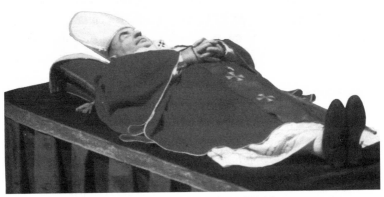

Todavía se desconoce la causa real de la muerte de Juan Pablo I; los rumores apuntan tanto a miembros de la propia Iglesia que no estaban dispuestos a aceptar los cambios radicales que tenía previstos como a la logia masónica P2.

Se mire por donde se mire, hay demasiadas lagunas en la versión oficial. El Vaticano, después de tantos años, sigue sin querer aportar ninguna prueba que pueda modificar esa controvertida explicación de los hechos.

## EL INTRIGANTE ATENTADO A JUAN PABLO II

El 13 de mayo de 1981 una noticia conmovió al mundo: el papa Juan Pablo II había sufrido un intento de asesinato, mientras saludaba a unos diez mil fieles en la plaza de San Pedro. El joven turco Mehmet Alí Agca le había disparado tres veces, casi a bocajarro. Cuando el agresor se disponía a escapar, una monja franciscana se abalanzó sobre él y consiguió que lo detuvieran. Alí Agca estuvo a punto de acabar con la vida del Papa. No lo consiguió, ya que después de cinco angustiosas horas en el quirófano del hospital Agostino Gemelli, los médicos consiguieron salvarle la vida. De todas formas, se cree que la mayoría de las enfermedades que ha venido sufriendo después se deben a ese atentado. Parece ser que el cáncer de colon podría ser consecuencia de los disparos en el estómago, mientras que el Parkinson pudo afectarle a causa de las heridas que sufrió en la mano. También se cree que, aparte de las secuelas físicas, el atentado le cambió su anterior jovialidad y buen humor por un talante más bien taciturno.

Una vez más prevaleció como explicación la socorrida teoría del tirador solitario: un loco que por su cuenta y riesgo decide cometer magnicidio. Sin embargo quienes han esgrimido esta explicación casi siempre escondían algún tipo de complot con intenciones muy concretas y alejadas de la psicopatía.

Según varios testimonios, Juan Pablo II estuvo un largo tiempo obsesionado por dar respuesta a esta cuestión. Habría estudiado detenidamente todos los artículos de prensa sobre el atentado, así como los informes que le proporcionaron los diferentes servicios secretos de varios países. El nuncio Luiggi Poggi, conocido como «el espía del Papa», hizo también varias pesquisas.

Por otra parte, el asesino está cumpliendo cadena perpetua y nunca ha aportado datos significativos sobre quién lo contrató. Se sabe que pertenecía a una organización radical llamada «Lobos Grises». Para algunos era un grupo neofascista, otros creen que eran radicales musulmanes y hay quien opina que se trataba de nacionalistas islámicos manipulados por la URSS. Al parecer Agca, entrenado como terrorista en Siria, había asesinado en Turquía a un editor liberal en 1979. Tras ese crimen

Fotografía del atentado contra Juan Pablo II a manos del joven turco Mehmet Alí Agca. Los motivos del mismo es una cuestión que todavía no ha sido suficientemente aclarada.

amenazó en público a «Juan Pablo II, jefe de los cruzados». Muchos piensan que esta delirante advertencia llamó la atención de los diferentes grupos que podían estar interesados en eliminar al Papa. También parece probado que consiguió la pistola Browning en España y que cobró por su «trabajo» unos 400.000 dólares.

La elección de Juan Pablo II había sido especialmente significativa para los polacos. El movimiento Solidaridad, liderado por el sindicalista católico Lech Walesa, había conseguido el soporte popular suficiente como para atreverse a plantar cara al gobierno soviético. El Papa polaco temía que las acciones de Walesa se pasaran de temerarias y provocaran una invasión soviética. Se cuenta que cuando el líder de Solidaridad decidió organizar una masiva y agresiva manifestación popular, el cardenal Stefan Wyszinsky, siguiendo las indicaciones del Pontífice, se arrodilló a sus pies y sujetando su piernas le dijo que no se movería hasta que decidiera retirar la orden. Walesa acabó haciéndole caso.

De cualquier forma, el KGB sabía que la cuestión polaca había adquirido especial importancia, debido a la nacionalidad del Papa. Se dice que en 1979 el Partido Comunista soviético elaboró un documento en el que se aconsejaba el asesinato de Juan Pablo II. Según algunos investigadores dicha carta fue firmada por Yuri Andropov, que entonces era el jefe de la KGB y otro alto funcionario de la misma cuyo nombre sería mundialmente famoso unos años después: Mijail Gorbachov.

La mayoría de los expertos en servicios de inteligencia consideran que resultaba imposible para la KGB asumir una trama tan comprometida. Como ya había hecho en otras ocasiones, desvió la operación a su «filial» búlgara, la DS. Ésta habría sido la encargada de urdir el plan y de ponerse en contacto con el asesino.

Existe otra teoría que sostiene que el asesino temía que sus propios jefes acabaran con su vida, y le confesó a la CIA lo que se proponía hacer. La Inteligencia americana le pidió que continuara con el plan, pero disparando al aire sin herir al Pontífice. De esta forma ellos podrían culpar a la KGB de lo ocurrido. El plan no era demasiado beneficioso para Ali Agca, que tal vez decidió en el último momento no traicionar a sus jefes y apuntar hacia el cuerpo del Papa.

Muchos son los que consideran que después del atentado, o al menos un año más tarde, casi todos los servicios secretos sospechaban de la KGB. También se sabía que había muchos espías soviéticos en la Santa Sede. De hecho, parece que el dictador rumano Ceaucescu le explicó el complot al servicio secreto francés y éste a su vez informó al Vaticano, pero finalmente no se tomó ninguna medida especial para proteger a Juan Pablo II.

Si es cierto que todo el mundo sabía que la KGB estaba detrás, ¿por qué no denunciarlo públicamente? Los defensores de esta teoría creen que los países occidentales callaron porque Andropov, en nombre del Kremlin, acababa de proponer en secreto una distensión. Descubrir la trama hubiera supuesto un paso atrás y tal vez el recrudecimiento de la guerra fría, con el consiguiente riesgo de una escalada del armamento nuclear. El equilibrio seguía siendo muy precario, y todos tenían miedo de quebrarlo.

Queda aún otra teoría que apunta en una dirección completamente diferente. Detrás del fallido intento de asesinato no estarían los comunistas, sino sus futuros sucesores como enemigos de Occidente, los radicales islámicos. Su máximo responsable en aquellos momentos, el ayatolá iraní Jomeini, veía en el Papa la personificación de la decadencia occidental y, por tanto, el primer ícono que debía derribar para iniciar su *yihad* o guerra santa contra los infieles.

Algunos investigadores ven una prueba de esta teoría en la carta que escribió Agca amenazando al Papa, y que decía lo siguiente:

> Los imperialistas occidentales, temerosos de que Turquía y sus repúblicas islámicas hermanas lleguen a ser potencias políticas, militares y económicas en Oriente Medio, envían en este momento a Turquía al comandante de los cruzados, Juan Pablo, ungido como líder religioso. Si no se cancela esta visita, voy a matar al Papa comandante.

Según varios analistas del caso, existen serias dudas sobre si el fustrado asesino fue el autor de la carta. En cambio el ideario y el tono pertenecían a Jomeini, que solía referirse a Juan Pablo II como «Papa comandante» o «el comandante de las Cruzadas». Siguiendo esa teoría, Alí Agca habría sido entrenado en los campos iraníes para terroristas. Allí le revelaron su misión y le explicaron que el Papa había llegado al poder el mismo día en que Jomeini había inauguraba su revolución islámica destronando al Sha de Persia. El paralelismo era tan presuntamente claro como simple: El papa Wojtyla había sido elegido para acabar con los logros del líder iraní.

Toda esta información fue recogida por el Mossad, el servicio de inteligencia israelí. Según parece, sus máximos responsables buscaban desde hacía años un acercamiento al Vaticano, y suministrar esta información secreta sobre un asunto que tanto preocupaba al Papa podía ser la mejor carta de presentación. Sin embargo, ésa es también la razón que hace que se planteen ciertas dudas. Con estos datos en la mano, Juan Pablo II apoyó a Israel en sus tensiones con el mundo árabe. Ese posicionamiento tuvo bastante influencia sobre la opinión internacional. ¿Hasta que punto la información del Mossad era cierta, o se trató sólo de un «farol» para conseguir el apoyo del Papa? Esto continúa siendo un misterio, del que difícilmente podremos obtener una respuesta inequívoca.

Como vemos las tramas y conjuras contra el poder del Vaticano no son sólo algo del pasado. Cabe preguntarse: ¿Puede alguien estar planificando ya la muerte del próximo Papa? ¿A quién beneficiaría más su desaparición? ¿A las sociedades secretas inspiradas en el esoterismo illuminati o a determinados sectores concretos de la Iglesia?

El ayatolá iraní Jomeini es uno de los nombres que se barajan como posibles instigadores del intento de asesinato de Juan Pablo II.

# 9. EL COMPLEJO MUNDO DEL VATICANO

El Vaticano, principal escenario de la novela de Dan Brown, es una ciudad-estado excepcional. Su extensión apenas ocupa medio kilómetro cuadrado, un pequeño rincón en el plano de Roma, pero con un enorme poder que llega a todos los puntos del globo. No en vano su líder, el Sumo Pontífice, tiene formalmente autoridad espiritual sobre más de ochocientos millones de personas.

Y sin embargo, la Santa Sede que dirige y gobierna con poder absoluto, carece de recursos naturales y de fábricas; no posee ejércitos, ni tierras que den frutos, ni pastos, ni ríos, ni valles, ni puertos... El Vaticano es sólo un complejo de palacios y jardines, con una vieja estación de ferrocarril y un funcional helipuerto. Su censo apenas lo componen 1.000 personas de distintas nacionalidades, especialmente italianos y suizos.

La jefatura del Estado sólo puede ejercerla un varón y tiene carácter vitalicio. El elegido no tiene que cumplir un requisito fundamental exigible habitual en otros estados: nacer o estar nacionalizado en el propio país.

En el Vaticano, evidentemente, tampoco existen partidos políticos, ni líderes opositores, ni campañas electorales, pero sí numerosos *lobbies* que se disputan el poder detrás del trono. Por esta razón, no es extraño entender por qué el Vaticano ha sido y seguirá siendo un extraordinario foco de atención para políticos, religiosos o literatos. Un lugar donde la fe y el secretismo trabajan codo con codo.

Todo comenzó hace siglos en un terreno árido e inhóspito, el *Agger vaticanus* (Pedregal vaticano), situado en el margen derecho del río Tíber (o *Tévere*) entre los montes Mario y Gianicolo. Un territorio de nadie, que no pertenecía a los dominios de Roma ni estaba dentro de los límites de la ciudad. Allí se asentaba anteriormente una comunidad de etruscos, que procedían de un antiguo pueblo llamado *vaticum*.

Los romanos vencieron a los etruscos en la batalla de Veyes (396 a. C.) así que el *Agger vaticanus* ya formaba parte de Roma cuando san Pedro fue ejecutado allí en una cruz invertida. Tiempo después, en memoria del martirio del primer Papa, se empezaría a edificar al pie de la colina Vaticana la antigua basílica de San Pedro, y un puente que la comunicaba con la ciudad de Roma, el *Pons Aelius*. En la actualidad, existen testimonios arqueológicos que apuntan a que la tumba del apóstol se encuentra bajo el altar mayor de la basílica. De hecho, un documento del año 160 referente al edículo o templete central, afirma que «Pedro está aquí».

El papa Pío XII, en el año 1939, dio la orden de realizar unas excavaciones para preparar la tumba de Pío XI. Al hacer el primer agujero en la tierra apareció un mosaico. Ante sus ojos comenzó a aparecer la Necrópolis con magníficos mausoleos de importantes familias romanas, pero también una pequeña tumba abierta y vacía.

El pequeño agujero estaba protegido por unos muretes para resguardarlo del agua y colmado de centenares de monedas romanas y medievales de diverso origen, lo que indicaba que allí se había enterrado a una persona venerada en toda Europa. Otros detalles indicarían que posiblemente se trataba de la tumba del apóstol. Aun así, Pío XII no lo confirmó hasta el año 1950, cuando, en un mensaje de Navidad, afirmó: «Hemos encontrado la tumba de san Pedro».

## Un tesoro en medio kilómetro cuadrado

En 1929 el tratado de Letrán confirmaba el poder terrenal de los papas, con la creación del estado independiente de la Ciudad del Vaticano. En fecha tan señalada, Pío XI declaró: «Este territorio es pequeño, pero podemos decir que es el más grande del mundo, puesto que contiene una columnata de Bernini, una cúpula de Miguel Ángel y un caudal de ciencia en sus bibliotecas, bellos jardines, y hermosas galerías, además de la tumba del príncipe de los apóstoles». No andaba desencaminado. El Vaticano es un auténtico tesoro concentrado en una extensión mínima de terreno.

Cabe destacar que buena parte de esos tesoros se guardan en el Museo Vaticano, que posee una impresionante colección de obras de los mayores genios de la historia del arte: Miguel Ángel, Leonardo da Vinci, Rafael, Murillo, Ribera, Giulio Romano, Tiziano, Paolo Veronese, Caravaggio, Moretto... No es extraño que su pinacoteca sea considerada una de las más importantes del mundo, y el complejo Vaticano reciba la consideración de Patrimonio de la Humanidad. Se dice que una persona puede tardar diez minutos en cruzar la ciudad y toda una vida en dedicarse a la contemplación reposada de sus tesoros artísticos.

## ¿QUÉ SE ESCONDE EN EL ARCHIVO SECRETO?

El Archivo Central de la Santa Sede, más conocido por el sugerente nombre de Archivo Secreto, se encuentra justo al lado de la Biblioteca Vaticana. En realidad, y para atar en corto la fantasía, no es ni más ni menos que el lugar en el que se recogen todas las actas y todos los documentos relativos a la actividad pastoral y a las acciones de gobierno del Vaticano. Es cierto que siempre ha estado rodeado de un aura de misterio, que dio lugar a especulaciones exageradas y la mayoría de ellas sin fundamento. Quizá la culpa sea de su nombre, pero en este caso, debemos entender «secreto» como «privado», consideración que también recibían los archivos de los reinos y dinastías que guardaban las páginas oscuras o gloriosas de su pasado.

Fotografía del interior de la Biblioteca del Vaticano, un recinto cargado de misterio y leyenda.

El Archivo Secreto del Vaticano fue mandado construir en el siglo XVII por el papa Pablo V. El Pontífice estaba decidido a reunir todos los documentos que la Iglesia había elaborado a lo largo de su historia. En realidad, la mayoría de los que pudieron encontrarse datan del siglo IV en adelante. Precisamente a este período pertenece el edificio del primer archivo, que se construyó en San Juan de Letrán, donde permaneció hasta bien entrado el siglo XII. Más tarde, en el Castillo de Sant'Angelo, se creó el Archivo de pergaminos antiguos. Posteriormente las luchas internas, los saqueos y los continuos traslados provocaron la pérdida de valiosísimos documentos.

La creación del Archivo Secreto consiguió rescatar los que quedaban y conservar los que se iban produciendo. En 1881, León XIII permitió el acceso a todos aquellos investigadores que quisieran bucear en sus tesoros. En la actualidad, se pueden encontrar todo tipo de documentos, algunos realmente curiosos, como las cartas que Lucrecia Borgia le escribía a su padre, el Papa Alejandro VI; diversas misivas de Martin Lutero o de Rossini; y hasta encendidas cartas escritas por el rey Enrique VIII a su amada Ana Bolena. Todos textos muy interesantes, pero que muy difícilmente podríamos calificar como documentos secretos. No hay allí documentos que hablen del misterio del Santo Grial, de arteras conspiraciones de los illuminati o de la relación entre Iglesia y Masonería. A no ser que alguna puerta disimulada en las estanterías, conduzca a otro archivo realmente secreto.

### El lápiz del licenciado

El Archivo Vaticano puede ser consultado por todas aquellas personas con una licenciatura universitaria que presenten una solicitud ante el prefecto. Sus puertas se abren a estos profesionales del 16 de septiembre al 15 de julio. Sólo hay una condición: los investigadores deben dejar fuera todos sus bolígrafos, rotuladores o plumas. Sólo pueden entrar al recinto provistos de un lápiz.

## LOS ENTRESIJOS DE LA CURIA VATICANA

Si hay algo que destaca en la historia turbia del Vaticano es la curia romana, nombre que recibe el conjunto de los altos cargos y funcionarios eclesiásticos que trabajan en el gobierno de la Santa Sede y que habitualmente residen en ella. Su función es asistir al Papa, que necesita de la colaboración y la ayuda de departamentos políticos o teológicos y de oficinas administrativas y judiciales, para cumplir su misión como pastor supremo de la Iglesia.

La Secretaría de Estado es el componente de la curia romana que colabora de una forma más cercana con el Sumo Pontífice.

Su historia se remonta al año 1487, cuando fue instituida la Secretaría Apostólica, compuesta por veinticuatro secretarios. Uno de ellos, el *Saecretarius Domesticus*, también conocido simplemente como secretario del Papa, ocupaba un lugar de honor dentro del organigrama y a él se le encargaban las labores más delicadas. Siglos más tarde, en 1814, Pío VII le dio forma a la Sagrada Congregación de los Asuntos Eclesiásticos Extraordinarios. Un siglo más tarde, se dividieron sus competencias en tres grandes apartados: asuntos extraordinarios, asuntos ordinarios y breves pontificios. En 1967, Pablo VI eliminó esta tercera sección, y la Sagrada Congregación pasó a ser el Consejo para los Asuntos Públicos de la Iglesia.

Llegamos así al año 1988, cuando el actual Pontífice, Juan Pablo II, volvió a efectuar una reforma dividiendo la Secretaría de Estado en dos secciones: asuntos generales y relaciones con los estados. La primera, dirigida por un arzobispo con la ayuda de un prelado, despacha todos los asuntos que conlleva la actividad diaria del Papa, organiza las audiencias, redacta sus documentos, tramita nombramientos, y, entre otras muchas labores más, custodia el sello de plomo y el anillo del pescador. La segunda sección de la secretaría, la de relaciones con los estados, se ocupa de todos los asuntos diplomáticos, la representación del Vaticano ante organismos internacionales y el nombramiento de obispos en otros países. La Segunda Sección está dirigida por un arzobispo que ostenta el cargo de secretario para las relaciones con los estados, y que cuenta con la ayuda de otro prelado, designado como subsecretario. Actualmente la Secretaría de Estado, a la que dan forma estas dos secciones, está presidida por un cardenal que recibe el título de secretario de Estado y desempeña las funciones de primer colaborador del Pontífice en el gobierno de la Iglesia. Este purpurado es el responsable de la actividad política y de las acciones diplomáticas del Vaticano.

Otro órgano influyente es el Sínodo de los Obispos, una institución de carácter permanente creada por Pablo VI en 1965, con la intención de intentar mantener viva la llama del espíritu conseguido gracias a la experiencia conciliar. Básicamente, se trata de una especie de asamblea, una reunión entre un grupo de obispos y el Papa, para intercambiar información y experiencias y buscar soluciones a los problemas pastorales.

### El abogado del Diablo

Cuenta una leyenda que al Diablo le divertía cuestionar con preguntas insidiosas los pretendidos milagros de los aspirantes a la santidad, y le pidió al Papa que le pusiera un abogado para que cumpliera esa función en el Vaticano. Al Pontífice le pareció que el pedido era justo, y designó a un prelado para que cumpliera esa función. El cargo conlleva el título oficial de Promotor de la Fe, pero la tradición popular lo ha llamado siempre «el abogado del Diablo».

El proceso de canonización de una persona que se considera excepcional sólo puede iniciarse en un tiempo prudencial después de la muerte del candidato, y generalmente a pedido de comunidades o instituciones dispuestas a dar fe de su vida piadosa y sus buenas obras, así como testimonio de sus presuntos milagros. La ceremonia que aprueba o no la canonización es como una especie de juicio cuyo juez único e inapelable es el Sumo Pontífice. Pero para tomar su decisión, deberá escuchar antes los razonamientos del abogado de la «defensa», que expondrá las virtudes y méritos de su «cliente», intentando demostrar su santidad y del abogado de «la acusación», que intentará rebatirlas mediante objeciones. El primero se conoce como Postulador o Abogado de Dios. El segundo, es nuestro conocido Abogado del Diablo.

## EL COMPLICADO PROCESO
## DE LA ELECCIÓN DE UN PAPA

En la trama de *Ángeles y demonios,* el Papa ha fallecido y se ha convocado un cónclave. La Capilla Paolina, que al igual que la Sixtina luce frescos pintados por Miguel Ángel, es el recinto en el que debe elegirse un nuevo Pontífice. Allí los llamados a tan alta misión escuchan un severo sermón, que les recuerda su obligación suprema de darle a la Iglesia a su hijo más apto para que la dirija y la guíe.

En realidad el cónclave no es sólo la elección de un Papa, sino mucho más. Es una pugna por el poder supremo de la Iglesia, de manera que los allí congregados, en función de las distintas corrientes doctrinales o ideológicas, deben esforzarse por ganar adeptos a su precandidato y establecer las alianzas precisas para que al final éste sea el escogido. Pero como bien dice un antiguo refrán, «quien entra al cónclave como Papa, sale como cardenal». O sea, que a menudo ninguna facción alcanza la mayoría necesaria y es preciso llegar a un acuerdo para escoger un tercer hombre. Hemos comentado ya ejemplos donde se produce esta situación, como la elección de Sixto IV o, más recientemente, la de Juan Pablo I.

En el mismo momento en el que muere un Pontífice, se inicia un periodo provisional que se denomina Sede Vacante. A lo largo de este tiempo, la curia romana se rige estrictamente por el principio de *«nihil innovatur»,* o lo que es lo mismo, «no innovar en nada». Aunque el gobierno de la Iglesia queda en manos del Colegio de los Cardenales, éste sólo puede tomar decisiones de rutina y de mero trámite. En cualquier caso, pasados quince días de la muerte del Papa, los cardenales deben constituirse en cónclave para proceder a elegir al nuevo Vicario de Cristo. Y aquí es donde adquiere cierta relevancia el papel del camarlengo pontificio.

Si bien en la obra de Brown el camarlengo aparece dotado de un considerable poder, en realidad no es sino una especie de mayordomo, un funcionario al servicio del Papa anterior que debe ocuparse del protocolo en la elección del nuevo Pontífice. Será él quien se ocupe de citar a los purpurados de todo el mundo, confirmar su asistencia, recibirlos en la Santa Sede y controlar que todo esté preparado para el día del cónclave. La palabra camarlengo procede del latín *«camerarius»* (de la cámara), en referencia al lugar donde se guardaba un tesoro. Trasladado al mundo monástico, el camarlengo era el monje que se encargaba de la administración de los bienes de la congregación, o sea una especie de tesorero. Y así llegamos hasta el camarlengo de la Santa Sede romana, que al principio administraba las posesiones y las rentas del Vaticano. Pero a principios del siglo XIX el papa Pío VII restringió en gran parte su autoridad. Actualmente, además de las funciones propias de su cargo, el camarlengo se ocupa de la verificación de la muerte del Papa y de colaborar con el Gran Elector en el desarrollo del cónclave.

Si el papel del camarlengo ya es de por sí complejo, no lo es menos el que tiene que desarrollar el llamado Gran Elector. Dentro del secretísimo cónclave, quien organiza las votaciones y controla que todo el proceso se realice según lo marcado por el protocolo es el Gran Elector, también conocido como el Maestro de Ceremonias.

## Un fino detalle del papa Wojtyla

Cuentan que, cuando acababa de ser nombrado Papa, Juan Pablo II se dispuso a recibir las felicitaciones de los cardenales participantes del cónclave. Pero no se sentó en el trono, como marca la tradición, sino que permaneció de pie aguardando el desfile de los purpurados. Ante la invitación del Maestro de Ceremonias para que tomara asiento, el nuevo Pontífice replicó: «No, gracias, yo recibo a mis hermanos de pie».

La palabra «cónclave» proviene del latín *cum clavis*, o lo que es lo mismo, «con llave». Este nombre se debe a que la reunión que elije al nuevo Papa siempre se ha celebrado a puerta cerrada, para evitar que los participantes puedan tener algún tipo de contacto con el mundo exterior. El selecto grupo de cardenales que han de cumplir tan alta misión, está formado en su mayoría por pastores de diócesis más o menos alejadas de Roma. De todos modos, para conservar la tradición que imponía que todos los electores fueran prelados romanos, cada cardenal es nombrado, mientras dura el proceso, «titular honorario» de una de las iglesias de la ciudad.

Debemos aclarar que los cardenales no siempre han tenido un papel tan preponderante en la elección de los papas. En realidad, ni las Escrituras ni la tradición apostólica indican cómo se debe proceder para escoger un nuevo Sumo Pontífice. De hecho, se supone que los primeros papas escogieron más o menos a dedo a sus sucesores. Más tarde sería el obispo de Roma el llamado a ocupar ese alto puesto. En 1059, el papa Nicolás II decidió que el conjunto de los cardenales debían elegir a su sucesor y a los sucesivos Pontífices que vendrían después. En 1179 el Concilio de Letrán estableció que eran necesarias dos terceras partes de los votos para ungir a un candidato, norma que aún hoy sigue vigente. Y precisamente el actual Papa, Juan Pablo II, promulgó en febrero de 1996 el documento «Sobre la vacante de la Sede Apostólica y la elección del Romano Pontífice», un escrito en el que precisa cómo debe realizarse la elección de quien le sucederá en el cargo y que, evidentemente, aún no ha sido llevada a la práctica.

## EL DÍA DESPUÉS DE JUAN PABLO II

En el momento en que muera el actual Pontífice, se reunirá el cónclave en unas condiciones de secretismo absoluto y como ha indicado Su Santidad, en el ambiente prevalecerá el recogimiento y la oración. El documento apostólico escrito y firmado por Juan Pablo II da incluso indicaciones concretas sobre cómo se debe escribir y doblar la hoja de papel en la que cada cardenal anotará el nombre de su favorito. Es evidente que la mayoría de apreciaciones y acotaciones que ha realizado el actual Pontífice se basan en la normativa que ha imperado tradicionalmente. El día de su muerte no habrá grandes cambios; el proceso será prácticamente idéntico a los anteriores, salvo algunos matices.

El actual camarlengo, el cardenal Eduardo Martínez Somalo, llamará a Juan Pablo por su nombre tres veces, y al no obtener respuesta declarará: «El Papa ha muerto». Inmediatamente, destruirá el sello personal y el famoso Anillo del Pescador para evitar que se falsifiquen documentos. Sólo en ese momento anunciará al decano del Colegio de Cardenales la muerte del Sumo Pontífice. Más tarde, el camarlengo sellará las habitaciones papales y convocará el cónclave, que debe iniciarse entre los 15 y 20 días siguientes a la muerte del Papa. Los cardenales efectuarán la elección del Papa a puerta cerrada en la Capilla Sixtina, jurando guardar silencio «absoluto y perpetuo». Las penas eclesiásticas por violar estos juramentos son tan severas que pueden incluir la excomunión.

### ¡HABEMUS PAPAM!

El día elegido para proceder a la elección del nuevo Papa, los cardenales se reunirán en la imponente basílica de San Pedro para celebrar una misa votiva llamada «Pro eligendo Papa». Por la tarde, acudirán en solemne procesión hacia la Capilla Sixtina. El hecho de acudir a este bellísimo recinto, es para distender el ambiente de tensión que han producido las reuniones previas a la elección, así como el nerviosismo en el momento de votar, sobre todo si no está claro quién resultará elegido. Tengamos presente que cuando todos los congregados vuelvan a salir de la Capilla Sixtina serán súbditos de uno de ellos, al que habrán designado como Sumo Pontífice.

Interior de la Capilla Sixtina, lugar en el que, a puerta cerrada, los cardenales escogen al nuevo Papa.

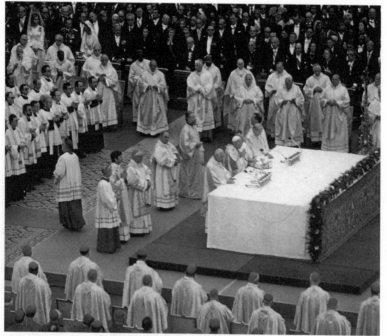

Misa oficiciada por Su Santidad Juan Pablo II en el altar mayor de la basílica de San Pedro.

Si las votaciones no alcanzan a reflejar la mayoría necesaria, los electores deberán pasar las noches que sean necesarias dentro del Vaticano, en la *Domus Sanctae Marthae*, una residencia inaugurada en 1996 y dedicada habitualmente a alojar personal de la curia. Pero todo apunta a que, en este caso, el proceso no se alargará demasiado, sobre todo si tenemos en cuenta que Juan Pablo II también eliminó la posibilidad de elección por aclamación y que el voto será absolutamente secreto, sin que se pueda comentar con el resto de cardenales.

La tradición marca que, tras cada votación, los electores informen a los fieles congregados en la plaza del resultado de la misma. Para ello se emplea desde hace siglos el mismo sistema: una columna de humo o *fumata*, que asciende por una de las chimeneas. Si los votos aún no han consagrado un ganador, se quema paja seca para que el humo salga negro. Pero si la votación que haya designado un nuevo Papa, se quema paja húmeda para producir la famosa *«fumata bianca»*, que la multitud celebra con devoto entusiasmo.

Pero la elección no acaba con este acto. Una vez conocido y consensuado el resultado, se quemarán todas y cada una de las papeletas en las que los cardenales han escrito el nombre de su favorito. El cardenal decano debe dirigirse a quien está llamado a ser el nuevo Sumo Pontífice y preguntarle si acepta su elección. Si lo hace, debe informar al cónclave del nombre con el que quiere pasar a la historia como Papa. Tras esto, los cardenales procederán a rendirle homenaje; luego el primero de los cardenales diáconos, el cardenal protodiácono, anunciará *Urbi et Orbi* la buena nueva desde el balcón de la basílica Vaticana, utilizando la fórmula tradicional.

MÁS ALLÁ
DE ÁNGELES
Y DEMONIOS

ANEXOS

# Anexo 1

## Los hash-ashin: terroríficos y mortales

En la obra *Ángeles y demonios* un hombre se encarga de raptar y asesinar a cuatro candidatos a Sumo Pontífice. Los ejecuta en determinados lugares, siguiendo un ritual supuestamente illuminati. Pero lo más relevante es que ya desde las primeras páginas se nos dice que pertenece a una secta peligrosa y antigua:

> Sus antepasados habían formado un ejército pequeño pero mortífero... Se hicieron famosos no sólo por sus brutales matanzas, sino por cometer sus asesinatos sumiéndose previamente en estados de conciencia inducidos por drogas... Estos hombres mortíferos fueron conocidos con una sola palabra «hash-ashin» literalmente «seguidores del hachís...

La secta de los hash-ashin siempre ha mantenido una inquietante relación de enfrentamiento con el Vaticano. De origen islámico, los Asesinos nunca le perdonaron a los templarios que les copiaran sus símbolos y su organización. Muchos historiadores consideran que desaparecieron hace siglos, pero recientes investigaciones han demostrado que esta sociedad sigue vigente. Incluso, hay quien opina que algunos grupos terroristas islámicos pertenecen a ella.

Para comprender mejor a esta sociedad secreta hemos de sumergirnos en su historia. El nombre, para empezar, es bastante tenebroso. Pero un estudio en profundidad demuestra que no se debe a sus prácticas criminales, si no a su afición por el hachís. Eran llamados «hashishíes» es decir comedores de hachís. Siempre que nos adentramos en el mundo de las sociedades secretas muchos

Hassan-Ben-Sabbah, según un antiguo grabado, líder de la secta de los Asesinos.

son los interrogantes y pocas las certezas. De ahí, precisamente, su naturaleza secreta. Por lo que respecta a la secta de los hash-ashin, los estudiosos parecen coincidir en que sus actividades se iniciaron en el siglo XI. Su fundador fue Hassan-Ben-Sabbah, un persa natural de Jorosán. Este guerrero islámico se apoderó de la fortaleza de Alamut, en el norte de Persia, y se proclamó a sí mismo la reencarnación del último imán. Muchos fueron los que le siguieron, ya que su culto no podía ser más relajado: durante los continuos rituales fumaban cáñamo de la India. La buena vida del líder le permitió vivir 90 años, una cifra inaudita en la época. Cuando Hassan murió en 1124, contaba con una gran legión de seguidores dispuestos a luchar contra los cristianos. Su carácter fiero hacía que ganaran casi todas las batallas e incluso consiguieron que sus mayores enemigos, los templarios, tuvieran que pagarles tributos. A su vez, los templarios habían imitado la organización y estructura de los hash-ashin.

Debido a su consumo de drogas y sus continuas orgías, muchos investigadores han pensado que los Asesinos eran simplemente una secta de guerreros vividores. Pero detrás de todas sus acciones, había un profundo misticismo. Por ejemplo, se dice que la primera fortaleza que construyeron era una réplica exacta del paraíso de Mahoma, con las mujeres y las drogas que el profeta había prometido a sus seguidores.

Aunque eran esencialmente una secta islámica, los Asesinos también bebían de las fuentes de otras creencias. De hecho, casi todos los estudiosos creen que su doctrina se basaba en la gnosis, la cábala y la alquimia. Éstas son las vertientes de origen religioso que siempre han estado más estrechamente relacionadas con el esoterismo, y que pretenden un conocimiento muy elevado al que sólo unos pocos pueden acceder. La organización era muy jerárquica, básicamente, porque no distinguían entre el Bien y el Mal, su único deber era obedecer al Imán. Para ellos, tanto el Bien como el Mal formaban parte de la misma unidad, por lo que daba lo mismo seguir al uno que al otro.

## Un edén de lujo y sabiduría

El cuartel general de los hash-ashin era la fortaleza de Alamut, que recreaba el Paraíso. Allí, los guerreros que habían cumplido alguna acción importante (un asesinato por encargo, por ejemplo) podían disfrutar de unas semanas de vacaciones. Pero no sólo era un lugar de placer, también había un observatorio astronómico y una de las bibliotecas más importantes de la Antigüedad sobre ciencia y filosofía, cuyos secretos eran celosamente guardados. Si cualquier miembro los revelaba, era ejecutado por sus compañeros en macabros rituales.

No obstante, algunos miembros debieron venderse a los cristianos, o «cantado» bajo tortura, porque lo cierto es que tanto templarios como masones les copiaron sus preciados secretos arquitectónicos, que se plasmaron en la construcción de los templos tallados en piedra. Cada grupo se encargaba de una parte de la construcción para que nadie tuviera una idea global de cómo se podía haber edificado. La orientación de estas construcciones demuestra que aprovechaban las fuerzas telúricas del planeta, situándoles en zonas especialmente energéticas. Grababan símbolos esotéricos dentro de sus templos, tal como despúes harían los masones.

En la organización de los hash-ashin, prácticamente plagiada por los templarios, se reservaba a los novicios el rango de «lassik», una especie de sirvientes que atendían a todos los miembros de la agrupación. Si un lassik desempeñaba bien su función, podía ascender a «fidavi», o sea un escudero que estaba al servicio de uno o más guerreros. Éstos eran los «refik», caballeros que iban a la guerra y cometían los asesinatos ordenados por el jerarca de la sociedad. Si salían airosos de sus misiones y aprendían los secretos de la secta, llegaban a ser «Dais», que venían a ser consejeros del «Viejo de la Montaña», que era como se llamaba al Imán. Éste era el cargo máximo y sus decisiones tenían que ser obedecidas por todos sus seguidores. Se trataba, por lo tanto, de una sociedad estrictamente piramidal, en la que era fácil ingresar pero bastante difícil progresar. Muchos creen que cuando los hash-ashin huyeron perseguidos por Gengis Khan y se dispersaron, se convirtieron en asesinos a sueldo.

Ruinas de la fortaleza de Alamut (actual Siria), refugio de los miembros de la secta de los Asesinos.

# Anexo 2

## ¿Se puede volar el Vaticano con una bomba antimateria?

Tras la lectura del libro *Ángeles y demonios*, subyace una pregunta: ¿cabe la posibilidad real de emplear la tecnología de la antimateria para volar una ciudad? Para contestarla, analizaremos los principales puntos de referencia que se extraen de la lectura e intentaremos dilucidar dónde está la siempre tenue frontera entre la realidad y la ficción.

### El CERN, un centro pionero

El Centro Europeo para la Investigación Nuclear, o CERN en su sigla francesa, es el organismo científico que en la novela de Dan Brown ha creado el producto capaz de volar el Vaticano. ¿Qué es el CERN en realidad? ¿Dónde está situado? ¿Hasta qué punto la licencia literaria de Brown ha ido demasiado lejos?

El CERN es uno de los centros de investigación más avanzados del mundo. Ha contribuido al avance de la ciencia de forma vertiginosa y casi todos los entendidos en la materia consideran que en un futuro seguirá siendo la punta de lanza de los investigadores. La física nuclear, desgraciadamente, siempre se ha relacionado con armamento letal y bombas destructoras, desde el fatídico agosto en que Hiroshima y Nagasaki experimentaron el primer ataque de este tipo. Sin embargo, las posibilidades de la física nuclear no se limitan a la fabricación de bombas. Existen muchos tipos de aplicaciones, desde la conocida energía nuclear hasta innumerables posibilidades.

Vista aérea de las instalaciones del CERN, en Meyrin, en la frontera entre Francia y Suiza.

El CERN fue fundado en 1954 por doce países europeos. En la actualidad cuenta con 20 estados miembros, 500 universidades pertenecientes a 80 naciones y 6.500 científicos, entre los que se cuentan varios premios Nobel. Su sede central se encuentra en Meyrin, en la frontera entre Francia y Suiza. Entre los muchos logros y reconocimientos que ha recibido este organismo por su investigación, el más popular es sin duda «www», la World Wide Web, el sistema de internet que fue desarrollado en este laboratorio y patentado en 1990.

## EL ACELERADOR DE PARTÍCULAS

Sin duda la investigación «estrella» del CERN es la que se basa en el acelerador de partículas y todas las posibilidades que éste tiene actualmente y podrá llegar a tener en un futuro. Pero empecemos por el principio: ¿qué es un acelerador de partículas? Se trata de un instrumento básico en la física de las altas energías. Ocupa varios kilómetros de longitud y su construcción y mantenimiento son elevadísimos, al igual que lo son sus prestaciones y resultados.

La función del acelerador, como bien indica su nombre, es acelerar las partículas (protones, neutrones, electrones y núcleos atómicos o iones) a velocidades cercanas a la de la luz. El objetivo final de esta aceleración es trasmitir a las partículas grandes energías para que choquen entre sí y contra un blanco fijo. En estos choques se pueden ver fenómenos de la estructura de la materia que de otra forma serían prácticamente invisibles. Para hacernos una idea más aproximada, los aceleradores son básicamente tubos muy largos con electroimanes que actúan cada tanto para que las partículas no se dispersen y sigan el movimiento previsto. Los hay de dos tipos: lineales y circulares. Debido a su gran volumen, tanto unos como otros se construyen bajo tierra. Los más modernos y los que se están imponiendo son los sincrotrones, que alcanzan velocidades vertiginosas. Durante los experimentos, los aceleradores pueden llegar a consumir hasta 60 MWh.

Actualmente España está construyendo, junto con varios países europeos, un nuevo acelerador de mucha mayor potencia que se ubicará en el Parque Tecnológico del Vallés (Cataluña). El coste del proyecto se ha cifrado en 120 millones de euros, y se cree que estará listo en el año 2008.

## LA FISIÓN NUCLEAR

De todas las aplicaciones que puede tener un acelerador de partículas, la más conocida es la fisión nuclear. Se ha de tener en cuenta que el primer acelerador de partículas, construido en 1930, fue el que permitió descubrir el neutrón y el positrón.

Ese descubrimiento fue básico para el avance de la física nuclear. Hasta la fecha, no se podían dividir los protones (de carga positiva) ni los electrones (de carga negativa), pues cuando se intentaba bombardearlas, estas partículas se repelían o se atraían. De este modo, parecía que ambas partículas eran indivisibles. Sin embargo, cuando se descubrió el neutrón, que no tiene carga positiva ni negativa, los científicos se dieron cuenta de que podían emplearlo para bombardear otras partículas y crear nuevas energías.

Por tanto, la fisión nuclear consiste en bombardear con neutrones un núcleo pesado de un átomo. Éste se descompone en dos núcleos, uno de ellos tiene la mitad de la masa del otro. Este proceso desprende gran energía y la emisión de dos o tres neutrones. Éstos provocan otras fisiones al chocar con los nuevos núcleos. Y así se crea una especie de reacción en cadena. Cada choque produce una energía superior a la anterior en escasas milésimas de segundo. Éste es el principio de la bomba atómica. En cambio, cuando se consigue que sólo uno de los neutrones liberados produzca una fisión posterior, el número de fisiones es controlable. Éste es el principio en el que se basa la energía nuclear de fisión.

## LA ANTIMATERIA

Cuando se descubrió el primer acelerador de partículas, los científicos comprendieron que desde aquel momento ni el átomo ni el núcleo tendrían ya más secretos. Un acelerador de partículas permite hacer casi cualquier cosa con ellos. Por ejemplo, dividirlos, juntarlos, cambiarlos... Pero dentro del marco de estas investigaciones, hay una que llama especialmente la atención de todos los estudiosos y que ha dado pábulo a diferentes teorías esotéricas: la antimateria.

Pero antes de hablar de ella, deberíamos comprender el principio básico de esta teoría, estudiando la antipartícula. Los protones y los electrones tienen carga diferente (positiva y negativa) y un peso distinto. ¿Qué ocurriría si se pudiera crear un protón (de carga positiva) que tuviera exactamente el mismo peso que un electrón? Tendríamos un antielectrón. Pero la pregunta clave aquí es ¿qué ocurriría cuando ambos chocaran? La destrucción total. Ese choque provocaría una gran energía, muy superior a todas las conocidas hasta el momento.

Con la inauguración del CERN en 1978, se empezaron a llevar a cabo experimentos en este sentido. En 1981 se realizó el primer choque controlado entre materia y antimateria. Se comprobó que la cantidad de energía liberada por el choque era enorme, mil veces superior a la energía nuclear conocida hasta el momento. Tocaba entonces pasar de las antipartículas a los antiátomos, extremadamente difíciles de crear. Para producirlos se debían combinar varias antipartículas, y no se conseguía una fórmula para lograrlo.

Fotografía del *laptunel* del CERN.

El problema básico era la gran velocidad con la que se generan las partículas de antimateria y sus rápidas y destructoras colisiones. Se tenía que encontrar alguna manera de desacelerarlas y de igualar su velocidad, para poderlas unir y crear un antiátomo. Los trabajos de Stan Brodsky, Ivan Schmidt y Charles Munger lograron encontrar la manera de unir antielectrones y antiprotones, y el CERN puso en marcha un proyecto que tenía como objetivo crear un antiátomo.

El 4 de enero de 1996, los científicos del CERN anunciaron que habían producido con éxito nueve antiátomos de hidrógeno. La elección del hidrógeno no fue arbitraria: además de ser el elemento más simple, es el que más abunda en todo el Universo. El problema básico era que si la antimateria tocaba cualquier materia, se destruía. ¿Cómo poder retenerla? Los científicos idearon un complicado sistema electromagnético para mantenerla suspendida. Este logro es una puerta abierta para el estudio de la antimateria, una oportunidad única para comprobar sus principios físicos.

De hecho, el sistema electromagnético es el que vemos aparecer en *Ángeles y demonios*. En este caso la novela efectúa un guiño de ficción, aunque se basa en la realidad.

## CIENCIA Y FICCIÓN

Se espera que durante los próximos años se alcancen conclusiones muy interesantes sobre el comportamiento de la antimateria, que seguramente permitirán explicar fenómenos cósmicos hasta hoy misteriosos; por ejemplo, cómo se genera la antimateria en el Universo. La antimateria podría producir una energía baratísima e ilimitada, que permitiría dar un empujón definitivo a la carrera aeroespacial: alcanzar grandes velocidades y descubrir qué esconde el Universo. Pero los científicos deberán tener también en cuenta un aspecto negativo: una energía tan poderosa, si no se aplica correctamente, podría producir una verdadera catástrofe.

# Anexo 3

## Ciencia, tecnología y religión

La relación entre ciencia y religión ha sido siempre controvertida. Todas las religiones se crearon con la pretensión de dar respuesta a las preguntas que el ser humano no podía contestar. Con el avance de la ciencia, esa función se va relegando poco a poco. Cada vez son más las respuestas que se encuentran en el ámbito científico y que no precisan una explicación religiosa. Sin embargo, hay un tema en el que la Iglesia Católica nunca cederá ni un ápice: la existencia de Dios. Éste es el dogma en el que se articula toda la fe, por lo que ningún católico está dispuesto a reconocer ninguna investigación que tenga como objetivo poner en duda la existencia de Dios.

Pero pese a todo, hay investigadores que han elaborado teorías a este respecto. Éstas son las más relevantes.

### El problema del estudio de Dios

Uno de los principales problemas con los que se encuentran los científicos es que ellos estudian sobre pruebas, comportamientos o procesos, y en el caso de un ente como Dios, esto es prácticamente imposible. ¿Qué evidencia se puede tomar como prueba para iniciar el estudio? Tan sólo la fe, que aparte de ser siempre subjetiva, no es un argumento muy científico. Por ello, no existe la posibilidad de iniciar un estudio serio. La Iglesia pone como prueba la existencia del Universo. Y ésa sigue siendo una de las grandes preguntas existenciales de la ciencia: ¿cómo se originó todo?

La evolución puede explicar la presencia del hombre en la Tierra, la presencia de agua justifica la vida, y la gran explosión la creación de nuestro planeta. Pero siempre hay una instancia última a la que la ciencia no puede acceder. Esto explica que todos estos descubrimientos no entren en conflicto con la concepción de Dios. El propio Albert Einstein dijo que cuanto más sabía de la ciencia, más convencido estaba de la existencia de Dios.

Numerosos científicos han rebatido muchas creencias de la Iglesia, pero han seguido creyendo en el Ser Supremo. Hemos de tener en cuenta que la Iglesia todavía tiene reparos con la teoría de la evolución, que está completamente aceptada por la comunidad científica. La mayoría de científicos se muestra cauta con esta cuestión: como no se puede afirmar ni negar la existencia de Dios porque no hay pruebas, es mejor no manifestarse sobre tan delicado asunto.

### LOS PUNTOS CUESTIONADOS POR LA CIENCIA

Si los científicos no se atreven a posicionarse sobre la propia existencia de Dios por falta de pruebas, en cambio hay otros temas sobre los que sí han contradicho a la Iglesia. Veamos algunos de ellos:

• **El origen del mundo** es uno de los principales. Cada vez hay más teorías que buscan explicar la formación del Universo y de la Tierra y que poco tienen que ver con las historias que relata el Génesis. El Big Bang es ahora el paradigma científico sobre el que se continúa investigado.

• **La presencia del hombre en la Tierra** es otro punto muy discutido. La ciencia ha demostrado que es totalmente imposible que toda la raza humana provenga de una única pareja, tal y como se explica en la Biblia.

• **Algunos aspectos de las Sagradas Escrituras** han sido desmitificados por diversas investigaciones, que han procurado dar una explicación racional a lo que era presentado como sobrenatural. El maná, por ejemplo, podría ser el producto de un fenómeno atmosférico que se produce en el desierto. El corrimiento de las aguas del Mar Rojo tendría también una explicación física. Incluso la resurrección de Lázaro podría deberse a una enfermedad estudiada por algunos científicos.

De este modo, la ciencia ha podido explicar casi todas las acciones que se le atribuyen a Dios, pero aún no tiene argumentos para negar o afirmar su existencia.

Moisés, guía del pueblo de Israel en el paso por las aguas del Mar Rojo y la posterior travesía del desierto.

## ¿UN DIOS DE LABORATORIO?

Uno de los puntos que más debates ha provocado es la posible creación de Dios en un laboratorio. El argumento viene a ser el siguiente: si el hombre ha conseguido la posibilidad de clonar otro ser humano, ¿quién nos dice que de aquí a unos siglos o tal vez milenios no sea capaz de hacer lo propio con el Universo? Esa teoría ha llevado a algunos a reconocer que Dios tal vez creó el Universo, pero que se trataba de un ser superior clonado por una avanzada civilización, que poco tendría que ver con la concepción mística de existencia.

Por otra parte, algunos creen que la manipulación genética podría desembocar en la capacidad de crear un Dios. Estas teorías resultan un poco peregrinas, pero cada vez tienen más seguidores. Dios viene a ser la perfección de lo humano, nosotros somos una mala copia suya. Por ello, si se puede crear un humano perfecto, ¿se estaría tan lejos de crear a Dios?

Todo esto enciende los debates teológicos que preocupan tanto a los eclesiásticos como a los ateos. De hecho, en la obra de Brown observamos con claridad que la trama pasa por una venganza contra la Iglesia, pero en nombre de la ciencia. Los illuminati de *Ángeles y demonios* no son sino los defensores de aquellos otros científicos (Galileo fue uno de ellos), que hace siglos se atrevieron a pensar en una concepción diferente del mundo y de Dios. En la trama de la novela vemos que, con la excusa de vengar la represión sufrida por la ciencia a lo largo de los siglos, se pretende eliminar con un logro de la ciencia al máximo representante de Dios en la Tierra, al menos desde el punto de vista del culto católico.

Tal vez la mejor forma de entender el conflicto sobre Dios y la ciencia, es recurrir, como colofón, a lo que han dicho en este sentido algunos grandes científicos:

*«A todo investigador profundo de la naturaleza no puede menos que sobrecogerle una especie de sentimiento religioso, porque le es imposible concebir que haya sido él el primero en haber visto las relaciones delicadísimas que contempla. A través del Universo incomprensible se manifiesta una Inteligencia superior infinita.»*

ALBERT EINSTEIN

*«Jamás he negado la existencia de Dios. Pienso que la teoría de la evolución es totalmente compatible con la fe en Dios. El argu-*

*mento máximo de la existencia de Dios, me parece, es la imposibilidad de demostrar y comprender que el Universo inmenso, sublime sobre toda medida, y el hombre, hayan sido frutos del azar.»*

CHARLES DARWIN

*«¿Quién que viva en íntimo contacto con el orden más consumado y la sabiduría divina no se sentirá estimulado a las aspiraciones más sublimes? ¿Quién no adorará al Arquitecto de todas estas cosas?»*

NICOLÁS COPÉRNICO

*«Mi máximo respeto y mi máxima admiración a todos los ingenieros, especialmente al mayor de todos ellos, que es Dios».*

THOMAS A. EDISON

# Anexo 4

## La ruta secreta
## de Ángeles y demonios

A medida que pasamos las páginas de la novela de Dan Brown descubrimos un buen número de recintos que el autor interpreta muchas veces a su manera y que vincula con la trama illuminati.

Para guiar los pasos del lector que, ávido de conocer los lugares, desee a su manera saber cuál es la historia real del «decorado» de la novela, dedicamos este breve anexo que iniciamos en el capítulo 33 del libro, cuando nuestros protagonistas ya están en Roma.

### 1. La fabulosa basílica de San Pedro

Una de las mayores maravillas de la Ciudad del Vaticano es la basílica de San Pedro. Como comentábamos en la introducción, la tumba del apóstol, situada en el altar mayor, es el centro de su estructura. Delante de ella, y junto a las cuatro bases de la enorme cúpula de la basílica, se pueden ver estatuas enormes que representan a san Longinus, santa Verónica, san Andrés y santa Elena.

Precisamente, sobre la estatua de santa Elena se muestran al público, en ocasiones muy contadas, preciosas reliquias como un trozo que se supone formaba parte de la cruz en la que murió Cristo. Sobre las cuatro enormes representaciones de estos santos, se distribuyen trabajadísimos mosaicos que representan a los cuatro evangelistas. Alrededor de este gran mosaico, que rodea toda la base de la cúpula, se puede leer una inscripción latina: «Tú eres Pedro, y sobre esta roca edificaré mi Iglesia, y te daré las llaves del cielo».

La basílica de San Pedro, una de las maravillas del arte occidental y el mayor edificio de la cristiandad.

En la parte derecha de la nave principal de la basílica de San Pedro, cerca de la entrada, se puede ver la famosísima Piedad de Miguel Ángel. A lo largo y ancho de esta impresionante obra arquitectónica se pueden observar las tumbas de, entre otros, san Gregorio, Leo II, Leo III, Leo IV, Juan XXIII o Pablo VI.

## 2. LA CAPILLA SIXTINA: CANTO AL ARTE

Los ojos de los más de diez millones de visitantes que recibe anualmente el Vaticano a menudo buscan con avidez uno de los mayores tesoros que guarda: la Capilla Sixtina. La Santa Sede cuenta con muchísimas capillas pero, sin duda, ésta, mandada construir por el Papa Sixto IV, es la más famosa de todas. Es obra del arquitecto Giovanni de Dolci, que se dedicó en cuerpo y alma, del año 1473 a 1481, a la que sería su creación más importante.

Frescos de la Capilla Sixtina. Su realización fue un encargo del papa Julio II a Miguel Ángel; su realización le llevó cuatro años de intenso trabajo.

Pero si impresionante es su estructura arquitectónica, no lo es menos la calidad y cantidad de sus frescos. Todas las paredes están cubiertas por la obra de los artistas más importantes de la época. De Perugino a Botticelli, de Salviati a Matteo da Lecce. Pero, sin duda, el que se llevó el gato al agua fue el genial Miguel Ángel con su Juicio Final, el extraordinario fresco que adorna el techo de la capilla.

## Corrigiendo la Capilla Sixtina

Junto con los elogios, los frescos y obras de la Capilla Sixtina también suscitaron reacciones adversas, como por ejemplo la del Maestro de Ceremonias Biagio da Cesena, quien dijo que «era cosa muy deshonesta en un lugar tan honorable haber realizado tantos desnudos que deshonestamente muestran sus vergüenzas y que no era obra de capilla del Papa, sino de termas y hosterías».

La polémica consiguió que la Congregación del Concilio de Trento en 1564 tomase la decisión de hacer cubrir algunas de las figuras. El encargo de pintar drapeados de cobertura, las llamadas «bragas», fue dada a Daniel de Volterra, desde entonces conocido como el «braghettone» (el «pone-bragas»).

### 3. El Panteón de Agrippa

Se trata de un templo romano que estuvo dedicado a las siete divinidades planetarias. Se ha llamado catedral del mundo pagano, aunque lo cierto es que sólo dos entidades, Venus y Marte, eran las máximas protagonistas del Recinto.

El Panteón recibe el nombre de Agrippa ya que fue este cónsul, yerno de Augusto, quien ordenó en el año 27 antes de nuestra era la construcción del recinto. El templo ha sufrido numerosos incendios y no fue hasta el año 126 d. C. que fue reconstruido, se supone que por Apolodoro de Damasco

El Panteón de Agrippa pretende ser una síntesis del sentimiento religioso que tenían los romanos. De hecho, su construcción tenía por objeto sintetizar en un mismo espacio todas las moradas de los dioses, por eso el recinto es una síntesis del cielo y la tierra, es decir, una planta circular cerrada por una gran cúpula.

*Piazza del Pantheon*, óleo de Vincenzo Giovannini. El Panteón es un magnífico templo consagrado a todos los dioses, erigido por Adriano en el siglo ii d. C en el centro de la antigua Roma.

En las paredes del recinto, en su zona más alta, hay una serie de nichos que fueron construidos con la finalidad de albergar en su interior las figurillas que representaban a los distintos dioses romanos.

Miguel Ángel dijo de este edificio que tenía «un diseño angélico y no humano».

## 4. El Agujero del Demonio

En la obra *Ángeles y demonios,* se cita el Agujero del Demonio u óculos, aunque después sus protagonistas buscan el «buco Diavolo». El agujero del demonio al que alude el libro citado es en realidad la cúpula del Panteón de Agrippa, que posee tanto de altura interior como de espacio diametral 43,20 metros.

*Interior del Panteón,*
óleo de G. P. Pannini.
El agujero del Demonio
es el orificio que culmina
la cúpula del Panteón
de Agrippa.

El efecto que crea dicha cúpula en un recinto circular como en el que se encuentra, sugiere la representación de un gran globo celeste que está descansando en el suelo. Los constructores del Panteón, al instalar aquella cúpula realmente espectacular, desearon que el ser humano sintiera cerca el lugar celeste donde moraban sus dioses.

### 5. TUMBA DE RAFAEL

Se encuentra ubicada en el Panteón de Agrippa. En las antiguas capillas interiores del recinto del Panteón donde en otras épocas estuvieron situados los dioses adorados por los romanos, por mandato de la Iglesia se efectuaron una serie de reformas, de manera que las capillas se plagaron de obras de arte y fueron destinadas a albergar en su interior tumbas de personajes ilustres de la historia, como la de Rafael de Urbino.

El magistral pintor y arquitecto nació en Urbino el 6 de abril de 1483 y falleció en 1520. Su madre decidió bautizarlo con el nombre del arcángel que representaba la primavera y la hermosura.

Rafael creció en un ambiente refinado y tranquilo, puesto que Urbino pretendía ser una ciudad del arte. Su padre le animó a que estudiase el arte de la pintura e insufló en él el deseo por potenciar sus cualidades para el dibujo, centrándose en la perspectiva.

A partir de 1494 Rafael quedó huérfano y pasó a ser tutelado por su tío paterno, con quien no tuvo una buena relación puesto que el tutor tenía

Tumba de Rafael de Urbino, en la que descansan los restos del inmortal artista.

poco aprecio por el arte del muchacho. Por suerte para Rafael, un año después aparece en Urbino un joven artista, Timoteo Viti, quien coge como aprendiz y criado a Rafael. Tiempo después el joven artista pasó a manos de otro pintor, en este caso uno de los más renombrados de Florencia, Pietro Vanucci. Rafael tenía escasos diecisiete años cuando comenzó las complejas técnicas pictóricas con Perugino; trabajó con él varios años en Florencia y cuando alcanzó su independencia fue un bregado maestro en el arte del pincel. De hecho Rafael comenzará a funcionar por su cuenta a principio del siglo XVI.

La fama de Rafael comenzará a ser notable y sus obras pasarán a ser requeridas por los principales mecenas, quienes lo considerarán un genio de la pintura. En 1504 el papa Julio II, sabedor de la capacidad artística del joven pintor recurre a él para que decore sus aposentos del Vaticano. En la actualidad, las habitaciones de Julio II, se conocen como Estancias del Vaticano. En ellas Rafael pintó uno de los ciclos de frescos más famosos de la historia de la pintura. Entre 1509 y 1511 decoró la Estancia de la Signatura, donde pintó las figuras de la Teología, la Filosofía, la Poesía y la Justicia en los cuatro medallones de la bóveda.

En 1514 fue nombrado maestro mayor de la basílica de San Pedro, y un año después fue puesto al frente de la dirección de todas las excavaciones arqueológicas en Roma y alrededores. Rafael también proyectó la arquitectura y decoración de la capilla Chigi en la iglesia de Santa Maria del Popolo.

Lo cierto es que no se tienen referencias sobre sus posibles vinculaciones con sociedades secretas de la época, si bien mantenía cordiales relaciones, aunque más bien discretas con alquimistas y esoteristas, no olvidemos que la vinculación que tenía con el Papado a través de sus encargos era notable.

## 6. Capilla Chigi

Fue un regalo que recibió Agostino Chigi del papa Julio II, quien obtuvo además de la capilla en Santa Maria del Popolo otra en Santa Maria della Pace.

Capilla Chigi, proyecto de Rafael con esculturas de Bernini y Lorenzetto.

La capilla Chigi, que tiene una curiosa forma hexagonal y que fue diseñada por Rafael, se encuentra ubicada en el interior de la iglesia de Santa Maria del Popolo. La creencia general es que en la época de construcción Rafael había adquirido ya tanta fama que no acudía directamente a pie de obra, sino que eran sus ayudantes más aventajados los que hacían el trabajo por él.

## 7. Santa Maria del Popolo

Podemos encontrar este templo en la Piazza del Popolo. Es una iglesia que fue edificada en 1099, adosándose a las antiguas murallas de Roma. Ahora bien, dado que ya desde su origen presentaba algunos problemas estructurales, el papa Sixto V ordenó su reconstrucción en el año 1477. Pero el templo volvía a tener algunos fallos arquitectónicos y se le encargó una nueva reconstrucción a Bernini en el siglo XVII.

Según la leyenda de la época, antes de la erección del centro peregrinaba por el lugar el fantasma de Nerón, que se dedicaba a infectar la zona de entidades malévolas que saliendo del mausoleo piramidal revoloteaban molestando a los cristianos. Tras una petición popular, el papa Pascual II efectuó un exorcismo del lugar talando un nogal que había crecido sobre una tumba antigua que fue demolida y arrojada al Tíber. Sobre el lugar del antiguo mausoleo se edificó la actual iglesia.

## 8. Piazza del Popolo

Se trata de una gran explanada que está presidida por un obelisco y por una de las primeras iglesias renacentistas de Roma, Santa Maria del Popolo. La plaza tiene una historia, cuanto menos, singular.

Según la historia, la plaza original se remonta a la época de los romanos, concretamente al siglo I. Agrippina, la que fuera esposa del emperador Claudio, decidió situar en ella su tumba ordenando que fuera erigida en forma de pirámide. La plaza actual poco tiene que ver con la que existió originalmente, ya que

Piazza del Popolo. El emperador Augusto hizo traer el obelisco que ocupa el centro de la plaza desde la ciudad egipcia de Luxor.

su estructuración se debe a los primeros años del siglo XIX, cuando durante la ocupación napoleónica (1808-1814) amplía el óvalo y ordena rodear el obelisco central con cuatro fuentes en forma de león.

### 9. OBELISCO DE LA PIAZZA DEL POPOLO

Es con diferencia el más alto de Roma y se calcula que tiene alrededor de tres mil años. La edificación fue un encargo del emperador Augusto, quien hizo traer el obelisco desde Luxor, Egipto, donde lo había encargado erigir Ramses II.

Augusto quería impresionar a los que acudiesen al circo y para ello hizo que colocasen el gran obelisco en el Circo Máximo. Allí permaneció hasta el año 1589, fecha en que fue instalado justo enfrente de la puerta de entrada a la ciudad, a fin de que quienes llegasen a Roma a través de la Via Flaminia se sintieran impresionados. Tengamos presente, especialmente si buscamos conspiraciones extrañas y vinculaciones con la luz illuminati, que en la fecha en que el obelisco se sitúa en la plaza, Bernini, notable maestro que aparece reiteradamente en la obra *Ángeles y demonios,* todavía no ha nacido y que Rafael, autor de la capilla Chigi, ya ha fallecido. En este caso, la conspiración más bien parece padecer una cierta descoordinación temporal.

### 10. PORTA DEL POPOLO

Originariamente recibió el nombre de Porta Flaminia, ya que era la puerta que estaba enlazada con la Via Flaminia, una de las principales vías de entrada a la antigua Roma y que conectaba Roma con el Adriático. Se calcula que dicha vía fue construida en torno al 220 antes de nuestra era. Posteriormente el nombre de dicha puerta cambia por el de la actual.

## 11. Escudo de armas Chigi

Está compuesto por una singular simbología que parece pretender indicar la conjugación del poder tanto en la tierra como en el
cielo. Posee una estrella, quizá en clara alusión al Papado alcanzado por uno de ellos, sobre unos pequeños montes que algunos
han querido ver como pirámides y que expertos en simbología
determinan que pueden ser manifestaciones de la solidez personificada en montaña.

## 12. Habakkuk y el ángel

Se trata de una escultura de Bernini que podemos encontrar en la
capilla Chigi. Es una obra que para muchos pretende efectuar

Habakkuk y el ángel, grupo escultórico
de Giovanni Lorenzo Bernini.

una advertencia sobre los
tiempos que están cambian-
do y que están por venir, para
lo cual utiliza una alegoría
basada en el don profético
que tenía Habakkuk.

La historia nos cuenta que
Habakkuk es un personaje
contemporáneo de Jeremías
que aparece en el Antiguo
Testamento, aunque manifes-
tado como un profeta menos
cuya vida parece ser bastante
desconocida. En los textos
sagrados, Habakkuk aparece
perturbado y lleno de dudas
al respecto del porvenir no
sólo de su pueblo sino también del reino de Dios.

En su apología al negativismo, Habakkuk profetiza la invasión de Judá por los caldeos y la ruina de Babilonia.

Si la intención de Bernini no fue la de explicar un pasaje relacionado con las Sagradas Escrituras, bien podría pensarse, como opinan algunos defensores de la teoría de la conspiración, que Bernini quiso manifestar en su escultura las dudas que en la época se estaban viviendo en torno a la infalibilidad de la Iglesia.

## 13. Plaza de San Pedro

Fue el papa Alejandro VII quien escogió en 1656 a Bernini como arquitecto para que se encargase del proyecto de la plaza de San Pedro. La primera idea del escultor fue realizar una plaza trapezoidal rodeada de una fachada de dos plantas, sin embargo, recibió muchas críticas por su proyecto, por lo que el artista se inclinó finalmente por la estructuración que conocemos en la actualidad. Bernini debía conseguir una plaza amplia capaz de, como le había encargado el Papa, albergar grandes multitudes de creyentes.

Desde un punto de vista simbólico la plaza representa al Sumo Pontífice coronado con la tiara, que estaría representada por la cúpula de San Pedro y con los brazos abiertos en actitud de recoger a todas la cristiandad.

## 14. El monolito de San Pedro

Fue erigido por el emperador Augusto en el Foro Juliano, donde permaneció varios años, justo hasta que Calígula decidió llevarlo al centro del Circo de Nerón, al pie del Monte Vaticano.

En 1586 el Papa Sixto V consideró que lo oportuno era colocarlo frente a la basílica de San Pedro, encargándole el cometido

El monolito de la plaza de San Pedro fue proyectado por el arquitecto Fontana y se levantó en el año 1586.

a Domenico Fontana. Algunos años más tarde se le encargará a Bernini el diseño de la plaza de San Pedro con la columnata elíptica alrededor del obelisco.

La leyenda asegura que el globo original que tenía el obelisco en su cúspide contenía las cenizas de Julio César. Aunque aprovechando los trabajos de remodelación se abrió la esfera y en su interior no se encontró nada. Pese a ello el papa Sixto V decidió quitar el globo del obelisco sustituyéndolo por una cruz de bronce que contiene un pedazo supuestamente auténtico de la cruz en la que murió Jesús y el escudo de la familia Chigi, una cresta de bronce que contenía una estrella sobre unos pequeños montes. Finalmente, en 1818 se le agregaron a la base del obelisco cuatro leones egipcios.

Al respecto del bajorrelieve de Bernini, la figura más bien parece indicar por su simbología que Bernini quiere despojar, a través del viento, las influencias nefastas que pueden poblar el lugar que conserva reminiscencias del pasado, de la época romana. No olvidemos que el monolito está anclado cerca del lugar donde en otro tiempo estuvo un circo romano.

El viento parece querer manifestar el deseo de utilizar la fuerza de los elementos (no olvidemos que el aire es uno de los cuatro sagrados y que representa la transmutación) para crear y regenerar. Crear nueva vida a través del soplo divino y regenerar el aire del lugar desechando de él todo lo que puede resultar contrario a lo establecido.

## 15. Iglesia de Santa Maria della Victoria

Se trata de una iglesia barroca que comenzó a construirse en 1608 por el artista Carlo Maderno. Lo más destacable es que en su interior encontramos la obra de Bernini *Éxtasis de santa Teresa*.

## 16. El Éxtasis de santa Teresa

Es una escultura que Bernini ejecuta magistralmente entre 1647 y 1652. La trabaja en mármol y bronce dorado. La obra mide 3,5 metros de altura y se conserva en la Capilla Cornaro que está situada en la Iglesia de Santa Maria della Victoria.

Bernini está considerado como una de las grandes expresiones del barroco y el *Éxtasis de santa Teresa* fue una forma de certificarlo. El artista pretendía que la persona arrodillada bajo el altar de oración donde se hallaba la escultura penetrase en la mística experiencia de la santa.

El artista recibió el encargo de construir una capilla en el ala izquierda de la iglesia de Santa Maria della Victoria, que estaría dedicada a santa Teresa de Ávila, fundadora de la orden de las Carmelitas Descalzas.

Bernini se puso manos a la obra con el proyecto y no se le ocurrió nada mejor que plasmar el momento álgido en que santa Teresa alcanza el éxtasis, mientras es visitada por un ángel que sostiene una flecha candente con la que se dispone a atravesar el corazón de la santa, produciéndole un terrible pero a la vez «dulce dolor espiritual». De este modo la santa establecía contacto directo con Dios.

*Éxtasis de santa Teresa*, grupo escultórico de Giovanni Lorenzo Bernini realizado en mármol entre 1645 y 1652.

La expresividad del rostro de la santa resulta terriblemente clarificadora: ha alcanzado el gozo supremo y divino, el éxtasis, pero también un goce de tipo erótico, que sería mucho más material. Estos detalles se pueden observar en los párpados semicaídos o en la boca entreabierta y con el rostro inclinado.

El objetivo de Bernini parece ser demostrar el placer exacerbado del delirio místico mostrado con exagerado realismo y fervor. Al respecto de esta obra, nada parece indicar que sea una señal al respecto de la iluminación o de las sociedades secretas. Ahora bien, sí que debemos matizar que Bernini pretende manifestar en su obra que santa Teresa alcanza un estado místico o de alteración de la conciencia que la lleva a conectarse, en plena expansión energética de todo su ser, con los arquetipos que vendrían manifestados en un ángel.

Cabe destacar que durante el siglo XVII se tuvo muy en consideración la forma en que las artes expresaban determinados hechos religiosos. Eran tiempos difíciles para la Iglesia, que debía combatir con las divisiones que estaba propiciando Lutero. Desde los estamentos religiosos que en otros tiempos «toleraban» ciertas licencias artísticas, se reprendía con cierta fiereza a los escultores y pintores que querían ir más allá de lo «políticamente correcto», por ello es difícil de entender que Bernini no fuese desautorizado al plasmar lo que para muchos es una clara alegoría no mística, sino orgásmica.

## 17. PIAZZA NAVONA

Aunque en el libro *Ángeles y demonios* la plaza parece tener una gran vinculación con el elemento agua, lo cierto es que dicho recinto tiene poca o ninguna vinculación con el agua, salvo por la fuente que contiene en su interior. Antes de que la fuente de los Cuatro Rios de Bernini se ubicase en la plaza, estaba instalado el Circo de Domiciano.

## 18. FUENTE DE LOS CUATRO RÍOS DE BERNINI

Fue encargada por Inocencio Xa Bernini por mediación de un amigo de Bernini, el príncipe Ludovisi. La fuente se comenzó a construir en 1649, finalizando su ejecución en 1651.

En la plaza Navona se encontraba el Palacio Pamphili y su capilla familiar que estaba consagrada a santa Agnes. La plaza era algo así como un escaparate del poder que tenía la familia en Roma. La fuente pretendía ser un mobiliario decorativo más de la plaza.

Los ríos que quiso representar Bernini en la fuente son los que se consideraban los más importantes de los cuatro continentes: el Danubio de Europa, el Río de la Plata de América, el Nilo de África y el Indo de Asia. De igual forma las figuras que se apoyan en la fuente simbolizan tres culturas o mundos: Europa, representada por un caballo, África, personificada en un león y América que se materializa en un caimán.

Fuente de los cuatro ríos, de Giovanni Lorenzo Bernini. Las figuras alegóricas representan los ríos más importantes de los cuatro continentes.

La fuente esta completada por un obelisco sobre el que está posada una paloma que pretende ser una alegoría del Espíritu Santo, que además era el emblema de los Pamphili, lo que les confería una distinción y consideración notable por parte de la Iglesia.

### 19. PUENTE DE SANT'ANGELO

Es una de las obras más exquisitas del Barroco. Su artífice, Bernini, esculpió 10 estatuas que se alzan a través de todo el puente.

En este puente tuvo lugar uno de los actos más anticlericales de la historia antigua de la Iglesia. Cuando trasportaban los restos

Puente de Sant'Angelo; este puente une el Vaticano con Roma. Bernini esculpió unas figuras de ángeles con las alas desplegadas en el momento de tocar el suelo, portando en sus manos los instrumentos de la Pasión.

mortales de Pío IX, fallecido en 1878, un grupo de agitadores intentaron tirar sus restos al río Tíber. Se cree que entre ellos había muchos masones que querían iniciar una revuelta. Según explican las crónicas de la época, los cristianos que cargaban con el féretro se pusieron alrededor de él para impedir que cayera al río. Así resistieron el ataque y consiguieron darle cristiana sepultura al Papa.

## 20. Castillo de Sant'Angelo

Seguramente, una de las construcciones más enigmáticas que acoge el Vaticano es la del castillo de Sant'Angelo, que encierra una turbulenta historia.

La primera edificación data del 139 a. C. En aquella época debía ser el mausoleo del emperador Adrian. Hay muchas leyendas que explican por qué escogió este lugar. Algunos creen que fue aconsejado por druidas, quienes le hablaron de las propiedades telúricas que tenía aquella ubicación. Otros dicen que sus adivinos le dijeron que sería un lugar mundialmente famoso y que el emperador quiso así inmortalizar su nombre.

Cuando se formó el Vaticano, varios Papas mandaron reconstruirlo. Fue, durante siglos, y de forma alternada, tanto una prisión como una fortaleza. Actualmente es un museo que acoge obras artísticas y militares.

## 21. El Passeto di Porgo

También llamado «Corridoio di Castello». Sin duda, una de las características más curiosas es un pasaje secreto que comunica los aposentos papales al castillo de Sant'Angelo.

Este corredor se construyó por orden del Papa Nicolás III en el siglo XIII. Como ocurre en muchos castillos europeos era una vía de escape. Si el Vaticano era atacado, el Papa se fugaba y en

Fotografías del célebre Passeto di Porgo, gracias al cual el papa Nicolás III consiguió evitar ser apresado en varios asedios.

caso de ser descubierto podía refugiarse del ataque en el castillo, que era una fortificación mejor preparada.

Existen innumerables leyendas sobre este punto. Se dice que algunos Papas empleaban este pasadizo para escapar del control del Vaticano y establecer alianzas secretas o tener citas difícilmente confesables. También se cree que algunos de los Papas que murieron pudieron ser sorprendidos por criminales que emplearon el pasillo para llegar hasta él.

Se sabe que el último que empleó este pasadizo fue Clemente VII para huir de los ejércitos de Carlos I de España y V de Alemania.

## 22. EL ÁNGEL DE BRONCE

Los jardines del castillo presentan también una particularidad que ha dado pie a todo tipo de teorías. Se trata de un ángel armado con una espada que mira desde arriba enérgicamente al visitante. ¿Qué misterios oculta esta escultura?

En el año 590, bajo el Papado de Gregorio Magno la peste asoló la ciudad. Una procesión de penitentes recorría el castillo

Ángel de bronce, estatua del arcángel san Miguel esculpida por el artista flamenco Pieter Verschaffelt.

cuando el Papa tuvo una visión: vio un ángel con una espada desenvainada sobrevolando sobre los penitentes. El Pontífice pensó que aquella visión era una respuesta a sus peticiones a Dios para acabar con la epidemia y declaró que ésta había acabado. Al día siguiente ya no hubo más contagios y, en agradecimiento, el Papa mandó construir la escultura.

## BERNINI, ¿ARTISTA O CONSPIRADOR?

Resultaría inconcebible no incluir en este anexo a una de las figuras más vinculadas, aunque sea a través de su arte, con la obra *Ángeles y demonios*. Resulta difícil saber si Bernini pudo pertenecer a una sociedad secreta de carácter iluminado. Sobre todo si tenemos en cuenta la estrecha vinculación entre la iglesia y el artista parece poco probable. Sin embargo, siempre debemos dejar un resquicio a la duda. Puede que Bernini no operase directamente a través de sus obras sobre símbolos que servirían como guía secreta a otros, pero ¿y si lo hicieron sus hombres de confianza? Sabemos perfectamente que los artistas no trabajaban solos. De hecho si lo hubieran hecho su producción habría sido mucho más limitada.

Bernini, al igual que otros muchos genios como Rafael, Leonardo o incluso Miguel Ángel, no pudo estar en todas partes a la vez. Tenía que delegar. Dio instrucciones precisas y otros las cumplieron por él. Bernini trabajó, y mucho, pero no en todas partes. Supervisó y se llevó los honores pero no pudo dar abasto a todo lo que se le encargó. Tal vez, sólo tal vez, él fue un artista inocente, y fueron otros los que con la incorporación de pequeños detalles comunicaban en secreto.

## BREVE APUNTE BIOGRÁFICO

Giovanni Lorenzo Bernini (Nápoles, 1598-Roma, 1680) fue el representante más destacado del Barroco clásico romano. Hijo del escultor Pietro Bernini, su familia se estableció en Roma en 1604. A los veinte años de edad ya era un reconocido escultor, comenzando su actividad como arquitecto al ser elegido papa Urbano VIII Barberini en 1624. Sólo cinco años después fue nombrado arquitecto de San Pedro. La mayor parte de sus edificios más importantes pertenecen a su etapa madura, principalmente durante el pontificado de Alejandro VII Chigi (1655–1667). Bernini contribuyó a transformar decisivamente la fisonomía de Roma. Renovó muchos conceptos estilísticos, sobre todo en el orden espacial, y su talento para conseguir efectos ópticos y lumínicos lo llevó a utilizar el perspectivismo forzado o ilusorio.

Giovanni Lorenzo Bernini el artista que contribuyó a cambiar el paisaje romano.

# GLOSARIO

## LA REALIDAD TRAS LA FICCIÓN DE LA NOVELA

### (PERSONAJES, LUGARES Y OTROS TÉRMINOS)

**AMBIGRAMA** Textos formados por una o más palabras que pueden ser leídos correctamente incluso cuando son rotados 180 grados.

Los ambigramas son formas de escritura mística e iniciática que tiene por objeto transmitir sensaciones vibracionales o mágicas. No forman parte de un código secreto, ya que su lectura suele ser fácil. Más bien persiguen la abstracción meditativa de quien los observa.

**BERNINI** Es uno de los grandes genios del barroco italiano (Nápoles, 1598-Roma, 1680). No se tiene constancia alguna de que tuviese relación con sociedades secretas y mucho menos con los Illuminati, que fue creada unos ochenta años después de su muerte.

**CAMARLENGO** Es el presidente de la Cámara Apostólica. Debe ocuparse del correcto desarrollo de las acciones y preparativos del cónclave.

El ritual exige que cuando halle al Sumo Pontífice fallecido, lo llame tres veces por su nombre. Si no tiene respuesta y tras las comprobaciones oportunas, entenderá que el Papa ha muerto y lo comunicará a fin de establecer el cónclave.

**CERN (Conseil Européen pour la Recherche Nucléaire)**
El Consejo Europeo para la Investigación Nuclear se crea en Ginebra en 1978. No se tiene constancia de que disponga de un avión del tipo X-33. Desde sus instalaciones se inventó la base para lo que en la actualidad es internet.

El CERN dispone de un acelerador de partículas. En 1981 desde esta institución se consiguió llevar a acabo el primer choque entre materia y antimateria, comprobándose que la cantidad de energía que se liberaba podía llegar a ser 1.000 veces superior a la conocida hasta el momento a través de la energía nuclear.

**CICERONE** Es el nombre de la persona que tiene la misión de explicar o relatar las singularidades de una ciudad, recinto o edificio dotado de cierta relevancia.

**CÓNCLAVE** Es el nombre del proceso ceremonial y ritual que tiene por objeto elegir al nuevo Papa. Para su ejecución los miembros del Colegio Cardenalicio se aíslan del resto del mundo hasta encontrar al Sumo Pontífice adecuado.

El protocolo que exige la organización y posterior desarrollo del cónclave viene determinado por las última voluntades que suele expresar el Papa saliente a través de un documento constitucional de sucesión

**CUATRO ELEMENTOS** Según la ciencia antigua son agua, tierra, aire y fuego. Algunos consideraron la existencia de un quinto elemento al que denominaron éter.

Estos cuatro elementos son concepciones arquetípicas de estados físicos a la vez que psíquicos o emocionales. El agua representa la capacidad de metamorfosis, ya que puede pasar de estado sólido a gaseoso y posteriormente a líquido. El aire simboliza la capacidad de adaptación y las ideas. La tierra manifiesta el asentamiento, la firmeza y la dureza. Por último, el fuego se asocia con la revolución, el cambio, la fuerza y la transformación agresivas de las cosas que teóricamente son inalterables.

**DIÁLOGO, DISCORSI, DIAGRAMA** Se supone que éste es el nombre de tres obras de Galileo Galilei. En realidad en 1624 Galileo comenzó a redactar el «Díagolo sobre las Mareas». En 1630 los censores de la Iglesia le aceptaron el texto pero le cambiaron el nombre al libro, denominándolo *Diálogo sobre los Sistemas Máximos;* se publicó en 1632. Tras el proceso contra Galileo y su posterior abjuración, los ejemplares del *Diálogo* fueron quemados por orden explícita de la Inquisición.

Los «Discorsi» de Galileo en realidad son un conjunto de escritos y textos del científico que aluden a principios físicos y matemáticos.

Respecto a la obra «Diagrama», no se tiene constancia de ella y podría ser cualquier gráfico que hiciera el famoso científico.

**FÍSICA** En la obra Ángeles y demonios aparecen varias terminologías relacionadas con esta especialidad científica. Las más relevantes son:

**ANTIMATERIA** Materia compuesta de antipartículas o, lo que es lo mismo, materia en la que cada partícula ha sido reemplazada por una antipartícula.

**ÁTOMO** Es la partícula de un cuerpo simple más que pequeña y que tiene capacidad de ser alterada por reacciones químicas.

**ELECTRÓN** Es una partícula elemental ligera que forma parte de los átomos y que contiene la menor carga posible de electricidad negativa.

**KILOTÓN** Unidad que básicamente se emplea en el ámbito militar para establecer la potencia de las armas nucleares. Un kilotón posee el mismo poder explosivo que una bomba con 1.000 toneladas de TNT. Las bombas que se lanzaron en la Segunda Guerra Mundial tenían 20 kilotones. Las bombas nucleares se cuantifican por megatones, donde un megatón equivale a un millón de toneladas de TNT.

**PROTÓN** Partícula elemental que constituye por sí sola el núcleo del átomo de hidrógeno.

**GALILEO GALILEI** Físico y astrónomo italiano. Nace en 1564 y fallece en 1642. Junto con Johannes Kepler comenzó una revolución científica que revolucionó las creencias de su época. No era illuminati ya que la orden no había sido creada todavía. Sí pudo tener contactos con el movimiento esotérico y filosófico de los rosacruces.

Sus concepciones científicas le llevaron a sucesivos enfrentamientos con la Iglesia. En 1633 fue juzgado y obligado a abjurar de sus teorías que afirmaban que la Tierra no era en centro del Universo, sino que giraba alrededor del Sol.

**GAIA** Nombre de la madre Tierra. Las teorías que consideran que el planeta Tierra es una entidad viva e inteligente le otorgan la denominación de Gaia o Gaya. Uno de los grandes defensores de esta teoría es el científico Rupert Sheldrake.

**GRAN ELECTOR** Miembro de la curia al igual que el camarlengo. Es el nombre que se da al maestro de ceremonias del cónclave, que tendrá la misión de velar por la buena organización de la votaciones.

**HASH-ASHIN** Secta de guerreros mercenarios fundada en el siglo XI y liderada por Hassan-Ben-Sabbah. Mediante ingesta ritual de hachís alcanzaban estados modificados de la conciencia. Eran muy sanguinarios.

HATHA YOGA En sánscrito la palabra «yoga» significa «yugo». El yoga pretende que el iniciado o practicante controle el cuerpo mental y físico. Hay muchos tipos de yoga, el hatha yoga es el yoga físico que busca depurar y mantener en forma el cuerpo. Es el más popular y el que tiene disciplinas físicas más complejas.

ILUMINADOS DE BAVIERA Grupo secreto y conspirador creado por Adam Weishaupt en 1776. Oficialmente, la orden fue disuelta diez años después.

ILLUMINATI Nombre con el que se conocen popularmente los Iluminados de Baviera.

LINGUA PURA Coloquialmente sería el nombre del idioma adoptado por los científicos en la época de Galileo. Difícilmente esta «lingua» pudo ser el inglés, puesto que todos hablaban en latín o el italiano.

LUCIFER Nombre que recibe el ángel caído en desgracia tras enfrentarse a la fuerza de Dios. Era el príncipe de los ángeles rebeldes que buscaban el conocimiento. Poéticamente es el lucero de la mañana, la primera luz que guía el camino. Los seguidores de la doctrina de Lucifer reciben el nombre de luciferinos.

MASONERÍA Se la conoce popularmente como Francmasonería. Nace con los primeros colectivos de constructores y maestros albañiles de las catedrales góticas. Si bien la Masonería asegura remontarse en sus orígenes al Egipto faraónico, la Masonería moderna se funda en 1717, año en que surge la Gran Logia de Inglaterra, mientras que en el año 1732 aparece la Gran Logia de Francia.

**NOVO ORDO SECULORUM** Terminología que define el nuevo orden secular y que modernamente se relaciona con el nuevo orden mundial. Esta terminología aparece en latín en los dólares estadounidenses y el concepto castellano fue popularizado a finales del siglo XX por George W. Bush.

### ROMA: LUGARES Y RECINTOS

**ÁNGEL DE SANT'ANGELO** Se trata de una figura de bronce que ordenó construir el papa Gregorio Magno en el año 590. Se encuentra en la zona alta de los jardines del castillo de Sant' Angelo.

**AGUJERO DEL DIABLO** Es el nombre que recibe la cúpula del Panteón de Agrippa. Dicho elemento tiene un espacio diametral de 43,20 metros.

**CAPILLA CHIGI** Está en el interior de la iglesia de Santa Maria del Popolo. Fue posesión de una de las familias más adineradas de Roma.

**CASTILLO DE SANT'ANGELO** Se enlaza con el Vaticano mediante Il passetto. Su origen se remonta al 139 antes de nuestra era.

**FUENTE DE LOS CUATRO RÍOS** Fue elaborada por Bernini tras un encargo de Inocencio X. La fuente muestra los ríos más relevantes del mundo, según la época. Al mismo tiempo posee en su interior un obelisco coronado por la figura de una paloma.

**OBELISCO DEL POPOLO** Ordenó su construcción Ramsés II. Procede de Luxor, es el más alto de Roma. Se encuentra frente a la puerta que da acceso a la antigua Via Flaminia.

**PANTEÓN** Templo romano dedicado a las siete divinidades planetarias más relevantes. Recibe también el nombre de Panteón de Agrippa.

**PIAZZA NAVONA** Contiene en su interior la Fuente Navona, que fue realizada por Bernini.

**PIAZZA DEL POPOLO** Posee en su interior la iglesia de Santa Maria del Popolo y el obelisco más alto de Roma.

**PORTA DEL POPOLO** Fue una de las principales entradas a la ciudad de Roma. Se halla frente al obelisco que tiene su mismo nombre.

**PUENTE DE SANT'ANGELO** Es una creación de Bernini, quien incluyó diez estatuas angélicas en el puente.

**SANTA MARIA DELLA VICTORIA** Iglesia que alberga la obra de Bernini *Éxtasis de santa Teresa*.

**SANTA MARIA DEL POPOLO** Templo originario de 1099, edificado de forma adosada a las antiguas murallas de Roma. Se encuentra en la Piazza del Popolo.

**TUMBA DE RAFAEL** Se encuentra en el interior del Panteón de Agrippa.

**TRINACRIA** En lugar de ser un símbolo que contiene un ojo dentro de un triángulo, consiste en un rostro alado del que surgen tres piernas. Una por la parte superior de la cabeza y otras dos a la altura de lo que serían los hombros.

Es el símbolo antiguo de la Isla de Trinacria, que en la actualidad recibe el nombre de Sicilia.

## VATICANO: LUGARES Y RECINTOS

**ARCHIVO SECRETO DEL VATICANO** Se encuentra al lado de la Biblioteca Vaticana y cuenta con toda la documentación relativa a las actividades pastorales y acciones del gobierno Vaticano. Fue ordenado construir en el siglo XVII por Pablo V.

El Archivo Secreto es visitable del 16 de septiembre al 15 de julio de cada año, tras presentar una solicitud ante el prefecto.

**BASÍLICA DE SAN PEDRO** Se supone que está erigida sobre la tumba del Apóstol que estaría bajo el Altar Mayor, que es el centro de su estructura.

**CAPILLA SIXTINA** La ordenó construir el papa Sixto VI. Posee frescos de los más importantes artistas renacentistas. Es el lugar donde se reúnen de forma distendida los miembros del Colegio Cardenalicio.

**IL PASSETTO** Recibe también el nombre de Corridoro di Castello. Se trata de un pasaje secreto que enlaza los aposentos papales con el castillo de Sant'Angelo. Fue ordenado construir por el papa Nicolás III en el siglo XIII.

**PLAZA DE SAN PEDRO** Diseñada por Bernini bajo encargo del Papa Alejandro VI. Simboliza al Sumo Pontífice coronado con la tiara que está representada en la cúpula de San Pedro y con los brazos abiertos en actitud de recoger a los feligreses.

En la plaza se encuentra el monolito de San Pedro, alrededor del cual está la columnata elíptica también diseñada por Bernini.

**X-33** Nombre que recibe un proyecto de trasbordador espacial que todavía no ha visto la luz. Se trata de una aeronave de carga ideada para misiones en el espacio. En noviembre de 1999 se abandonaron oficialmente las últimas pruebas.

YIN YANG Son las dos conceptualizaciones de la filosofía china al respecto de las fuerzas que son opuestas pero a la vez complementarias. El yin se asocia con lo oscuro, húmedo, pasivo y femenino, mientras que el yang representa lo brillante, seco, activo y masculino.